KB265021

읽으면 행복해지는 책

읽으면 행복해지는 책

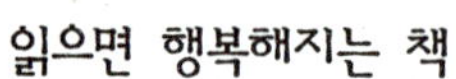

지은이 구교열 펴낸이 박은서 펴낸곳 도서출판 쭈변인의길
편집 송이령, 김선숙 마케팅 박덕서, 최근봉, 홍의식
총무 유은주, 김용주 관리 박상기
주소 (412-820) 경기도 고양시 덕양구 토당동 836-8 칠성빌딩 301호
전화 (031) 978-8761~2(편집), 978-8767~8(영업) 팩스 (031) 978-8769
기획 한성출판기획(www.ibook4u.co.kr)

■ http://www.jubyunin.co.kr
■ myjubyunin@bcline.com

초판 1쇄 발행일 2003년 12월 10일
초판 4쇄 발행일 2004년 9월 15일

ⓒ 구교열
ISBN 89-89170-91-9 (03810)

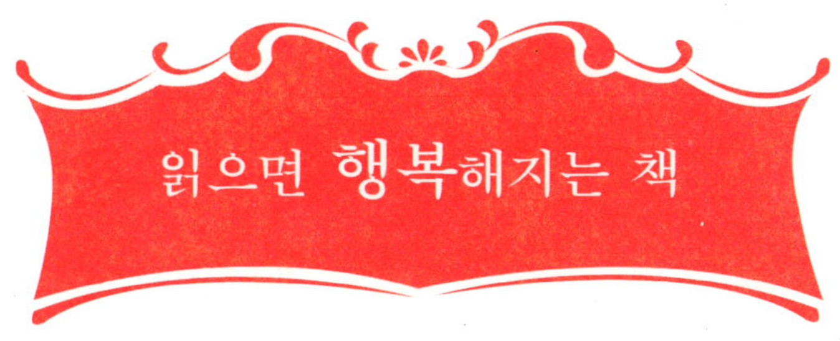

읽으면 행복해지는 책

구교열 지음

푸른인의길

저 역시 세상을 돌며 많은 것을 보고 배웠습니다. 하지만 그것을 함부로 남에게 들려주지 않고 내 마음 깊이 되새겼다가 그것이 옳다고 생각된 다음에야 다른 사람에게 들려주었습니다. 그와 같이 이 호리병은 입구가 넓어 많은 빗물을 담을 수 있고 호리병 아래 넓은 공간이 있어 많은 물을 보관할 수 있으며 목이 좁아 그 증발량이 적을 터이니 이 호리병에 물이 남아 있는 것은 당연한 결과입니다.

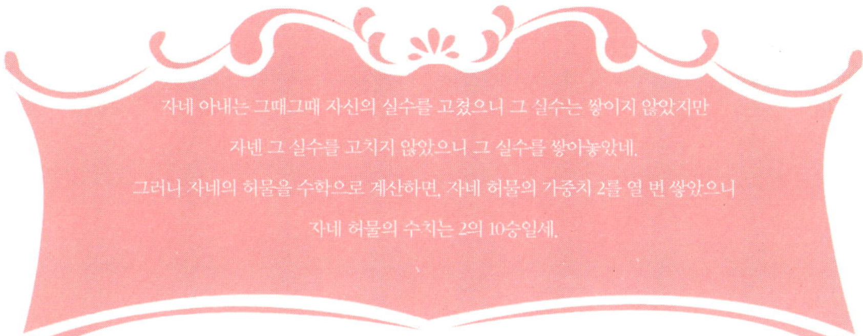

자네 아내는 그때그때 자신의 실수를 고쳤으니 그 실수는 쌓이지 않았지만
자넨 그 실수를 고치지 않았으니 그 실수를 쌓아놓았네.
그러나 자네의 허물을 수학으로 계산하면, 자네 허물의 가중치 2를 열 번 쌓았으니
자네 허물의 수치는 2의 10승일세.

CONTENTS

마음으로 생각하기

CONTENTS

머리로 느끼기

읽으면 행복해지는 책

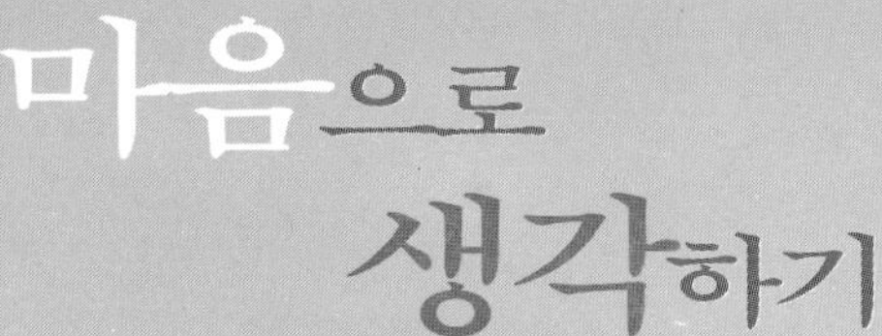

마음으로 생각하기

이성적인 생각

어느 으슥한 밤, 갓 젖을 뗀 여자아이가 높은 탑 위에 갇히게 되었다.

영문도 모른 채 높은 탑 속에 갇힌 여자아이는 간혹 찾아오는 얼굴 모르는 이로부터 먹을 것과 입을 것을 건네받으며 혼자 탑 속에서 외롭게 살아야만 했다.

아이에게는 말벗도 없었으며 외로움을 달래줄 친구조차 없었다. 외로운 여자아이의 유일한 낙이라고는 자신의 키보다 높이 나 있는 창을 통해 들려오는 사람들의 소리뿐이었다.

여자아이는 그 소리를 듣고 말을 배우고 그 소리를 들으며 행복해했다.

그렇게 외로운 시간이 흘러 여자아이가 벽에 난 창문 높이만큼 자랐을 때 비로소 여자아이는 창을 통해 세상을 처음 볼 수 있었다.

창밖의 세상은 여자아이가 그동안 상상했던 모습보다 더욱 아름다웠다.

멋들어진 건물들, 아름다운 옷을 입은 사람들, 그리고 처음 보는 수많은

것들이 여자아이에게는 무척이나 신기하고 아름답게 느껴졌다.

그때부터 여자아이는 창을 통해 세상을 보고, 창을 통해 사람들과 이야기하며 쑥쑥 자라 어느새 어엿한 처녀로 성장하였다.

여자아이에게는 오랫동안 창을 통해 이야기를 나눠온 굴뚝 청소부 소년이 있었다. 어른으로 성장한 그들은 서로를 사랑하게 되었고 굴뚝 청소부는 일이 끝난 후 밤마다 탑에서 가장 가까운 굴뚝에 올라 탑 속의 처녀와 사랑을 속삭였다.

두 사람의 사랑이 깊어갈수록 굴뚝 청소부는 사랑하는 처녀를 탑에서 꺼내줄 수 없는 자신의 나약함 때문에 힘들어했고 괴로운 마음도 깊어졌다. 그렇게 힘든 사랑을 지탱해나가던 굴뚝 청소부는 어느 날 말없이 처녀를 떠나버리고 말았다.

굴뚝 청소부가 떠난 사실을 모르는 처녀는 밤마다 그리움의 노래를 불렀지만 그는 처녀에게 돌아오지 않았다.

그러던 어느 날 우연히 그 탑 근처를 지나던, 음악을 좋아하는 귀족 청년이 처녀의 아름답고 애절한 노래에 반해버리고 말았다. 그 후 청년은 밤마다 비파를 들고 탑 근처로 가 처녀가 노래를 부르면 그 노래에 맞추어 비파를 연주하였다.

그렇게 오랫동안 처녀와 청년은 노래와 비파로 사랑을 속삭였다.

사랑에 빠진 청년은 처녀를 탑 속에서 빼내 그녀와 결혼하여 행복하게 살기로 결심하였다. 그래서 거금을 들여 탑지기를 매수하여 그 처녀를 몰래 빼돌리기로 하였다. 그런데 그 사실을 알게 된 그의 친구들이 그를 찾아왔다.

"자네 제정신인가? 왜 그렇게 이성적으로 생각하지 못하는가?"

"탑 속에 갇혔 있다면 그 사람은 큰 죄를 지은 사람일 걸세. 그런 사람을 몰래 빼돌렸다가는 자네는 물론이고 자네 집안 사람들도 큰일날 것이라는 것을 왜 모르는가?"

"게다가 탑 속에서만 자란 사람이 무엇을 알겠는가? 그런 사람과 결혼해서 자네가 행복해지겠는가?"

"좀 이성적으로 생각하게."

친구들의 말을 듣고 귀족 청년이 이성적으로 생각해보니 그들의 말이 맞는 듯하였다. 그래서 귀족 청년은 친구들의 말에 따라 아무런 설명도 해주지 않은 채 처녀를 떠나버렸다.

처녀는 매일 귀족 청년을 기다렸지만 그가 나타나지 않자 그 또한 굴뚝 청소부처럼 말없이 떠나버렸음을 깨닫고는 매우 슬퍼하였다. 며칠 동안이나 식음을 전폐한 채 슬픔에 잠겨 있던 처녀는, 어느 날 밤 스스로 목숨을 끊고자 세상과의 유일한 연결 통로인 창문에 올라가 몸을 탑 아래로 던지려고 하였다.

그 모습을 우연히 지나가던 떠돌이 이야기꾼이 보았다.

"아가씨, 잠깐 기다리세요. 무슨 사연 때문에 아래로 몸을 던지려는지 잘은 모르지만 잠시만 멈추고 제가 하는 이야기를 들어보세요. 전 세상을 떠돌며 보고들은 신기하고 재미난 이야기를 들려주는 이야기꾼입니다. 제가 재미난 이야기를 들려줄 테니 그 이야기를 다 듣고도 살고 싶지 않다면 그때 몸을 던져도 늦지 않아요."

이야기꾼의 제안에 처녀는 잠시 창에서 내려와 그의 이야기를 들었다. 이야기꾼은 처녀에게 재미있고 슬프고 신기한 이야기들을 들려주었고, 처녀는 그의 이야기에 빠져들고 말았다.

그 후 이야기꾼은 매일 처녀를 찾아와 이야기를 해주었고 처녀는 이야기꾼 덕에 슬픔을 잊을 수 있었다.

하루, 이틀, 사흘……, 이야기꾼의 이야기가 이어질수록 처녀와 이야기꾼의 사랑은 깊어만 갔다.

처녀를 사랑하게 된 이야기꾼은 그녀를 탑 속에서 구해낼 방법을 두고 고심했다. 그때 그에게 좋은 소식이 들려왔다. 그 나라의 공주가 우울증에 걸려 시름시름 앓고 있는데 그 우울증을 치료해주는 사람의 청은 무엇이든 들어준다는 왕명을 담은 방이 붙은 것이다.

이야기꾼은 당장 궁전으로 달려가 공주를 만나, 탑 속에 갇힌 처녀가 경험한 세 번의 아름답고도 슬픈 사랑 이야기를 들려주었다.

슬픈 사랑 이야기를 들은 공주는 마치 딴 사람이 된 듯 우울증에서 벗어났고, 그 기쁜 소식이 왕에게 전해졌다.

왕은 즉시 이야기꾼을 불러들여 소원을 말해보라 하였다. 왕의 명이 떨어지자 이야기꾼은 탑에 갇힌 처녀를 꺼내달라고 소원을 이야기하였다. 그러나 왕은 이야기꾼의 소원에 정색을 하며 다른 소원을 말하라고 하였다. 원한다면 자신의 외동딸인 공주와 결혼시켜 장차 이 나라를 넘겨주겠노라 하였다. 그러나 이야기꾼은 공주도 나라도 마다하고 탑 속의 처녀만을 원한다고 하였다.

"너는 탑 속에 갇힌 아이가 누구인지 아느냐?"

"모릅니다."

"그 아이는 짐의 형이자, 전 왕의 딸이었다. 나의 형이 아내를 잃고 그 슬픔을 견디지 못하여 극도로 난폭해지자, 나와 신하 몇 명이 형을 독살하고 내가 대신 왕위에 오른 것이다. 하지만 형의 딸은 차마 죽일 수 없어 탑 속에 가둬둔 것인데 그 아이를 어찌 꺼내준단 말이냐? 그러니 다른 소원을 말하거라.”

탑 속에 갇힌 처녀의 비밀을 알아버린 이야기꾼은 더욱 슬퍼 한시라도 바삐 그녀를 그곳에서 꺼내주고 싶어졌다.

“다른 소원은 없습니다. 처녀를 꺼내주시면 그녀와 함께 멀리 다른 나라에 가서 살겠습니다.”

이야기꾼의 말에 왕은 혀를 차며 그를 나무랐다.

“너는 어찌 그리 이성적인 생각을 못하느냐? 공주와 결혼해서 이 나라를 물려받으면 넌 뭐든지 할 수 있는데, 그것을 마다하고 기껏 탑 속의 아이와 도망가서 거지처럼 살겠다는 말이냐?”

왕의 핀잔에 이야기꾼은 대답하였다.

“그럼 내 마음과 사랑을 다 준 사람을 놔두고 사랑하지도 않는 공주와 결혼하는 것이 이성적인 생각입니까?”

사랑에 빠진다는 것 자체가 **이성적**이지 **못한 것**이다.

아름다운 향기

어느 나라에 매우 아름다운 여왕이 있었다.

그녀의 아름다움은 다른·여인들은 물론, 꽃과 여신들조차 질투를 금하지 못할 정도였다.

그녀의 아름다움이 널리 알려지자 세계 곳곳의 왕과 왕자들은 그녀에게 선물할 금은보화를 잔뜩 가지고 찾아와 그녀에게 청혼했지만, 그 누구도 여왕에게는 탐탁지 않았다.

그래서 여왕은 자신에게 어울릴 상대가 나타날 때까지 자신의 아름다움을 간직하기로 하였다.

여왕 곁에는 그녀가 백옥 같은 피부를 유지할 수 있도록 해주는 신하들과 그녀에게 아름다운 옷과 구두를 만들어 바치는 장인들이 항상 대기하고 있었다. 특히 여왕이 사용할 향수를 만들기 위해 수많은 연금술사들이 일하고 있었고, 향수를 만들기 위한 수만 종의 꽃들과 사향과 귀한 재료들이 왕궁에 가득하였다.

연금술사들은 항상 새로운 향수를 여왕에게 만들어 바쳤지만 여왕은 늘 만족하지 못하고 자신의 아름다움에 어울릴 새로운 향수를 원하였다.

어느 날 여왕은 성장을 하고 연금술사가 새롭게 만든 향수를 몸에 뿌려 향긋한 냄새를 풍기며, 늘 그렇듯 자신의 아름다움을 온 백성에게 알리기 위해 수많은 신하를 거느리고 성 밖 외출을 나갔다.

여왕이 성 밖으로 나서자 그녀에게 청혼을 하기 위해 몰려든 왕과 왕자들, 그리고 한 번만이라도 그녀를 보기 위해 멀리서 찾아온 수많은 남성들이 환호를 하며 찬사를 보냈다.

그녀는 그들에게 조금도 눈길을 주지 않은 채 자신의 길을 재촉하였다.

여왕이 그녀의 추종자들에게서 떨어져 그녀가 다스리는 작은 마을에 도착하였을 때였다. 어디선가 풍겨오는 향기에 여왕은 가던 걸음을 멈추었다.

향기에 매료된 여왕은 신하들을 시켜 그 향기가 어디서 나는지 알아보라고 명하였다.

그리고 얼마 후, 명을 받은 신하들이 한 여인을 데리고 돌아왔다.

신하들이 데려온 그 여인은 여왕과 비슷한 나이였지만 누더기나 다름없는 옷을 입고 있었으며 얼굴은 볕에 그을려 검고 손은 모두 갈라져 그야말로 볼품없는 모습을 하고 있었다.

그러나 볼품없는 그녀의 몸에선 아주 좋은 향기가 풍겨나오고 있었다.

여왕은 그 남루한 여인에게 "무슨 향수를 뿌렸기에 몸에서 그리 향기로운 냄새가 나느냐"고 물었다.

"저는 어떠한 향수도 뿌리지 않았습니다."

남루한 여인은 두려움에 떨며 대답하였다. 그러나 여왕은 그녀의 말을

곧이듣지 않고 다시 같은 질문을 하였다.

하지만 여인의 대답도 전과 같았다.

여왕은 여인의 대답에 화가 나기 시작했다.

아무런 향수도 쓰지 않았는데 그러한 향기가 날 수는 없었기 때문이다.

남루한 여인이 자신에게 거짓을 말하고 있다고 판단한 여왕은 자신을 보내달라며 울부짖는 여인을 끌고 왕궁으로 돌아왔다. 그리고는 남루한 여인에게 갖은 방법으로 고문을 해대며 어떠한 향수를 뿌렸는지 계속 물었지만, 그녀의 대답은 한결같았다.

고문은 더욱 심해졌고, 마침내 고문을 견디지 못한 여인은 그만 죽고 말았다.

여왕은 향수의 비밀을 알아내지 못한 것이 분하여 여인의 주검을 왕궁 밖 거리에 내다버리라고 명령하였다.

그런데 주검이 버려지고 난 얼마 뒤, 여러 아이들의 통곡 소리와 함께 남루한 여인에게서 나던 향기가 왕궁에까지 가득 찬 것이 아닌가.

여왕은 그 향기가 나는 곳이 궁금하여 몸소 왕궁 밖으로 나가보았다.

향기가 나는 곳에 도착해보니, 남루한 여인이 지금까지 돌보아오던 수많은 버려진 아이들이 그녀의 주검 앞에서 슬프게 울고 있었다.

사랑이라는 **향수**는 어디에서도 팔지 않는다. 그런데 그 향기를 가지고 있는 사람 옆에만 가도 **향기**가 절로 몸에 배어드니, 참으로 놀랍지 않은가!

술 마시는 저고리

갓 결혼한 금슬 좋은 젊은 부부가 있었다.

이 부부는 작은 식품점을 운영하며 하루 하루를 행복하게 살고 있었다.

젊은 부부가 이렇게 금슬이 좋을 수 있었던 것은 서로가 잘못된 점을 일깨워주고 사랑으로 그것을 고쳐나갈 수 있었기 때문이었다.

간혹 상대가 무리한 요구를 하더라도 두 사람은 그것을 사랑으로 알고 기꺼이 받아들였다.

그들이 운영하는 식품점에 단골로 드나드는 술주정뱅이 노인이 있었다.

그 노인은 매일같이 젊은 부부의 식품점에 들러 술 한 병을 사 가지고 갔고, 그럴 때면 언제나 자신만큼이나 늙어버린 아내에게 눈물이 쏙 빠질 만큼 곤욕을 치르곤 했다.

그러던 어느 날 식품점의 젊은 남편은 어김없이 술을 사러온 노인이 걱정스러워 그에게 조심스럽게 한마디 건넸다.

"어르신, 건강을 생각하셔서 술을 끊는 게 어떻겠습니까?"

그 말에 노인은 큰소리로 웃으며 대답하였다.

"이 술은 내가 먹는 게 아니라 내가 입고 있는 이 저고리가 마시는 것이니, 너무 걱정 마시게."

노인은 술병을 저고리 품 깊숙이 감추고는 가게를 나갔다.

그 모습을 지켜보던 젊은 아내는 곱지 않은 목소리로 노인에 대해 한마디하였다.

"저 어르신도 문제지만 매일 잔소리를 하면서도 꼬박꼬박 외상값을 갚아주시는 아주머니가 더 문제가 많아요."

며칠이 지난 뒤 초라한 행색의 술주정뱅이의 아내가 밀린 외상값을 갚기 위해 식품점을 찾아왔다. 그녀가 밀린 것을 셈하고 나자 젊은 아내가 그녀에게 충고라도 하듯 말을 꺼냈다.

"아주머니, 아주머니께서 자꾸 외상값을 갚아주시니까 어르신이 더 술을 드시는 거예요. 이제 외상값을 대신 갚아주지 마세요."

그 말에 노부인은 잔잔한 미소를 지으며 대답하였다.

"우리 바깥양반이 사가는 술은 그 양반이 드시는 게 아니라 당신 저고리가 마시는 거라오."

젊은 아내가 그 말뜻을 이해하지 못하고 고개를 갸우뚱하자 노부인은 고해성사라도 하듯 조용히 이야기를 꺼냈다.

"우리 부부가 젊었을 때 우리는 서로의 허물을 들추어내어 서로를 고치려 들었다오. 그때마다 우리 바깥양반은 고맙게도 모든 것을 내 뜻대로 고쳐주었지만 그것이 힘들었던지 매일 술을 드셨지. 그리고 난 그때마다 남편의 술 때문에 매번 모진 소리를 했고. 그런데 이젠 바깥양반의 건강이 너무나 나빠져 술을 마실 수 없게 되었어. 그래서 그 양반은 내가 계속 잔소리를 할 수 있도록 이젠 당신이 술을 드시지 않고 당신이 입고 있는 저고리에 술을 부어준다오.”

술 마시는 저고리 사연을 이야기한 노부인은 길게 한숨을 내쉬며 걱정스런 목소리로 말을 맺었다.

“이젠 내 기력도 다해서 언제까지 잔소리를 할 수 있을지는 모르겠지만……”

들릴 듯 말 듯 이야기하는 노부인의 입가에, 힘은 없지만 행복한 미소가 깃들어 있었다.

두 농부

어느 나라에 무척이나 넓은 땅을 가진 노인이 살았다.

노인에게는 자식이 없었지만, 친자식같이 노인을 보필하는 두 명의 조카가 있어 외롭지 않았다.

어느 날 노인은 조카 둘을 불렀다.

"너희도 잘 알다시피, 이젠 내가 너무 나이가 들어 내가 가진 땅을 돌볼 기력이 없구나. 그래서 이 땅을 너희 둘 중 하나에게 물려주고 나는 남은 여생을 편안히 보낼 생각이다."

조카들은 놀라는 일굴로 사양하였지만 노인의 결심은 확고하였다.

"나는 어려서부터 부지런히 농사를 지어 이처럼 넓은 땅을 마련했다. 그래서 난 내 땅을 너희 둘 중 농사를 잘 짓는 아이에게 물려주려고 한다. 내가 애써서 가꾼 땅이니 다음 주인도 열심히 가꿀 줄 알아야 하지 않겠니. 내가 곧 너희에게 땅을 조금씩 나누어줄 터이니 너희들이 그곳에 농사를 지어보아라. 수확을 많이 해오는 자에게 내 땅 모두를 물려줄 것이다."

노인은 변두리에 있는 밭으로 두 조카를 데리고 갔다.

그 밭은 돌들로 가득 찬 황무지였다.

"너희도 봐서 알겠지만 이 땅은 아직 개간하지 않은 황무지다. 이 땅에서 누가 농사를 지어보겠느냐?"

노인이 묻자 조금 나이 많은 조카가 노인에게 불평을 했다.

"돌만 가득한 이 땅에선 아무것도 자라지 않습니다. 그런데 어떻게 이런 곳에 농사를 지으라고 하십니까?"

조카의 불평을 듣고도 노인은 자상한 미소를 잃지 않은 채 나이 어린 조카에게 물었다.

"그럼 네가 이곳에서 농사를 지어볼 테냐?"

그러자 어린 조카는 흔쾌히 고개를 끄떡였다.

노인은 이번엔 두 조카를 데리고 잡초가 무성한 밭으로 갔다.

"보면 알겠지만 이 땅은 오래 돌보지 않아서 잡초만 무성하단다. 네가 이 땅에서 농사를 지어볼 테냐?"

노인이 나이 많은 조카에게 묻자 그는 황무지보다는 잡초밭이 좋을 것 같다는 생각이 들어 그러겠노라 하였다.

노인은 일 년 뒤 그들이 수확한 농작물을 팔아서 얻은 결과를 보고 재산을 물려주겠노라고 말한 뒤 두 조카를 돌려보냈다.

일 년이 지나, 노인은 두 조카를 불러들였다.

"그래, 너희 둘이 농사지어 벌어들인 돈을 내놓아보거라."

나이 많은 조카는 아무것도 내놓지 못한 채 변명만 늘어놓았다.

"제가 농사를 짓기로 한 잡초밭엔 그 어떤 작물도 자라지 않았습니다. 그

래서 전 한 푼도 벌 수가 없었습니다.”

조카의 변명에 노인은 빙긋 웃기만 하였다.

그리고 어린 조카에게 물었다.

“그래, 너 역시 한 푼도 벌지 못하였느냐?”

그러자 어린 조카는 품속에서 제법 큰 돈주머니를 꺼내 노인 앞에 내놓
았다.

“이것이 제가 황무지에서 농사를 지어 번 돈입니다.”

그것을 본 나이든 조카는 이러다간 땅을 물려받지 못할까 싶어 황급히
노인에게 불평하기 시작하였다.

“이것은 공평하지 못합니다. 똑같은 조건에서 공평하게 경쟁해야 하는데
나는 아무것도 자라지 않는 잡초밭에서 농사를 짓게 하고 저 아이는 농작
물이 잘 되는 옥토에서 농사를 짓게 하다니요. 이것은 처음부터 제게 불리
한 경쟁이었습니다.”

그 말에 노인은 고개를 끄떡이며 조카의 말을 수긍하였다.

“네 말도 일리가 있구나. 그럼 이번엔 서로 땅을 바꾸어 경작을 해보거
라. 내 땅은 지금처럼 농사를 지어 일 년 뒤 더 많은 돈을 벌어온 자에게 물
려주겠다.”

노인은 두 조카를 돌려보냈다.

나이 많은 조카는 기쁜 마음으로 어린 조카가 농사를 짓던 황무지로 달
려갔다.

‘동생 녀석이 분명 황무지를 개간하여 옥토로 만들어놓았을 테니 난 그
곳에 아무것이나 심으면 큰돈을 벌 수 있을 거야!’

그러나 황무지에 도착하였을 때, 큰 기대를 가지고 달려간 나이 많은 조

카는 놀라고 말았다. 그 황무지는 일 년 전과 달라진 게 하나도 없는 돌투성이 밭 그대로였던 것이다.

나이 많은 조카는 그 황무지에서 아무것도 키우지 못하고 꼬박 일 년을 그냥 보내고 말았다.

일 년 뒤 두 조카는 다시 노인 앞에 불려갔다.

"일 년 동안 농사짓느라 수고들 했다. 이제 일 년 동안 번 돈을 내놓아보거라."

노인의 말에 나이 많은 조카는 이번에도 아무것도 내놓지 못한 채 투덜거리기 시작하였다.

"돌투성이 돌밭에서는 아무것도 자라지 않았습니다! 그래서 전 한 푼도 벌지 못하였습니다."

나이 많은 조카의, 일 년 전과 똑같은 대답을 들은 노인은 자상한 얼굴로 어린 조카를 보며 물었다.

"그래, 너 역시 한 푼도 벌지 못하였느냐?"

어린 조카는 일 년 전과 마찬가지로 품속에서 제법 묵직한 돈주머니를 꺼내놓았다.

"이것이 제가 일 년 동안 농사를 지어 번 돈입니다."

그 모습을 본 나이든 조카는 어린 조카가 속임수를 쓴 것이라고 노인에게 항의를 했다.

그러자 노인은 어린 조카에게 물었다.

"애야, 넌 돌이 가득한 황무지에서 무엇을 키웠니?"

"예, 저는 그 돌밭에서는 약초가 잘 자랄 것 같아 약초 씨를 뿌려두었습니다. 그래서 일 년 후 양질의 약초를 얻을 수 있었습니다."

24

노인은 어린 조카의 대견함에 어깨를 두드려주며 다시 물었다.

"그럼, 잡초가 무성한 잡초밭에도 약초를 키웠더냐?"

그 물음에 어린 조카는 고개를 흔들었다.

"아닙니다. 잡초 밭에는 약초가 자라지 않을 것 같아 잡초처럼 생명이 강한 풀씨를 뿌렸다가 그것을 거둬 건초로 만들어 팔았습니다."

그 대답에 나이 많은 조카는 후회를 했지만, 땅은 이미 어린 조카에게 넘어간 뒤였다.

많은 사람들은 자신이 **무엇을 못하는가**를 찾으려 인생을 소비한다. 하지만 성공한 일부의 사람들은 자신이 **무엇을 잘하는가**를 찾으며 인생을 꾸려간다.

아무도 살지 않는 나라

지중해 연안에 아주 부유한 나라가 있었다.

그 나라는 자원이 풍부하고 교통의 요지에 있어 무역이 활발하였으며 왕의 경제적 감각이 뛰어나 다른 나라의 부러움을 살 정도였다.

그 나라의 왕은 늘 풍요한 자신의 왕국을 손수 돌아보며 뿌듯함을 느끼는 것을 낙으로 삼고 있었다.

어느 날 왕은 문무백관을 대동하고 자신의 풍요한 왕국을 시찰하기 위해 왕궁을 나섰다. 그런데 갑자기 한 골목에서 잘 걷지도 못하는 장애인 한 명이 불쑥 튀어나오더니 왕의 행차 앞을 지나가는 게 아닌가. 왕은 인상을 찌푸렸지만 다시 갈 길을 재촉하였다.

그런데 조금 지나자 이번엔 길 한쪽에서 누더기를 걸친 노인 한 무리가 볕 바라기를 하는 모습이 왕의 눈에 들어왔다. 왕은 그 모습에 얼굴을 찡그린 채 서둘러 길을 재촉하였다.

그러나 얼마 가지 않아 땟국이 자르르 흐르는, 그 모습만으로도 부모가 없어보이는 한 떼의 아이들이 왕의 행차에도 아랑곳하지 않고 철없이 놀고만 있었다.

왕은 버럭 화를 냈다.

"여봐라, 더 볼 것도 없다. 서둘러 궁전으로 돌아가자!"

시찰을 끝내지도 못한 채 궁전으로 돌아간 왕은 대신들을 불러놓고 회의를 열었다.

"대신들도 오늘 보았을 것이오. 나의 이 위대한 왕국이 장애인과 노인과 고아들로 넘쳐나니, 이를 어쩌면 좋겠소?"

왕은 언짢은 심기를 감추고 근엄하게 물었다.

대신들은 행여 왕의 심기를 상하게 할까 아무 말도 못하고 서로 눈치만 살피고 있었다. 마침내 한 대신이 먼저 말문을 열었다.

"위대한 왕이시여, 장애인과 고아와 노인들은 노동을 하지 못합니다. 그래서 그들은 선량한 백성들이 열심히 일해 모아둔 식량을 축내고 있으니 그들을 이 나라에서 쫓아내심이 마땅할 줄 아옵니다."

대신의 말에 왕은 잠자코 고개만 끄떡였다.

왕이 고개를 끄떡이자 이번엔 다른 대신이 자신 있게 말문을 열었다.

"세상에서 가장 현명한 왕이시여! 장애인과 노인, 고아들의 모습이 추하고 볼품없어 우리나라를 찾는 외국인들의 눈살을 찌푸리게 합니다. 그러면 우리나라를 찾는 관광객이 줄어들 것이니 그것만으로도 큰 손해입니다. 서둘러 그들을 나라 밖으로 내침이 옳을 듯합니다."

그 말이 채 끝나기도 전에 다른 대신이 자리를 박차고 일어났다.

"만백성의 어버이시여! 장애인, 노인, 고아들은 불결한데다 병이 있어 그들과 같이 산다면 선량한 많은 백성들이 병에 걸려 고초를 겪을 것입니다. 그러니 그들을 멀리 내보내시는 것이 백성을 위하는 길입니다.”

모든 대신들은 장애인과 노인과 고아들을 내쫓을 것을 왕에게 권했다. 대신들이 조용해지자 왕은 얼굴에 위엄을 가득 담고 입을 열어 명했다.

“나의 생각도 그대들과 같소. 내 명하노니, 서둘러 장애인과 노인과 고아 등을 잡아들여 국경 밖으로 멀리 내치시오.”

왕의 명령이 떨어지기 무섭게 수많은 병사들은 나라 구석구석을 찾아다니며 장애인과 노인, 고아들을 한 명도 빠짐없이 잡아들였다. 그리고 잡혀온 장애인과 노인, 고아들은 일각의 지체도 없이 모두 국경 밖으로 추방되었다.

왕은 궁전의 높은 탑 꼭대기에 올라가 그들이 국경 밖으로 내쫓기는 모습을 흡족한 얼굴로 바라보았다.

“이젠 내 나라가 더욱 살기 좋은 나라가 되겠군.”

그런데 장애인과 노인과 고아의 무리가 울며불며 고향을 떠난 지 얼마 되지 않아 또다른 한 무리가 국경을 벗어나고 있었다. 그들은 추방된 이들의 부모요, 자식이요, 형제요, 남편이요, 아내, 즉 그들의 가족들이었다.

그렇게 가족의 무리가 떠난 지 얼마 후, 또다른 무리가 국경을 향하였다. 그들은 먼저 떠난 두 무리를 사랑하는 사람들이었다. 뒤이어 또다른 무리도 떠나기 시작하였다. 그들은 앞서 떠난 이들의 친구요, 이웃이었다.

그렇게 한 무리 한 무리 그 나라를 떠나더니, 얼마 가지 않아 그 나라에는 왕과 대신조차도 떠나고 아무도 살지 않게 되었다.

재상을 구한 변소지기

　어느 나라에 왕의 권위를 능가하는 권력을 가진 재상과 일곱 명의 대신이 있었다. 재상과 일곱 대신은 모든 권력과 재물을 나누어 가졌기에 그들 앞에서는 어느 누구도 함부로 굴 수 없었다. 왕조차도 그들을 두려워하여 마치 그들이 상전이나 되는 것처럼 눈치를 살피는 데 급급해했다. 그러나 단 한 사람, 왕의 큰아들이자 장차 그 나라의 왕이 될 왕자만이 그들의 오만한 악행에 적의를 품고 있었다.

　시간이 흘러 왕이 병들어 죽자 젊은 왕자는 서둘러 젊은 측근들을 모아 왕위 계승을 서두르고, 그동안 나라를 마음대로 주무르던 재상과 일곱 대신을 숙청할 방법을 모색하였다.

　왕위 계승 절차가 끝나자 젊은 왕은 그동안 별러왔던 재상과 일곱 대신들의 숙청에 만반의 준비를 갖추었다.

　어느 날 젊은 왕은 원로들에게 하례를 한다는 이유로 일곱 대신들 중 한 대신의 집을 직접 방문하였다.

왕의 방문을 받게 된 대신은 우쭐해졌다.

"왕이 먼저 우리들에게 머리를 숙이고 들어오다니, 꽤나 머리가 좋군."

한껏 우쭐해진 대신은 마음껏 활개를 펴고 신하의 예의도 갖추지 않은 채 문 앞에서 왕을 맞이하였다. 왕은 대신의 집 문 앞에서 대신의 거만한 모습에 하늘도 무너질 만한 소리로 호통을 쳤다.

"이런 고얀 놈! 왕과 신하 사이에는 엄연히 법도가 있는데 네 녀석이 그 예를 무시하다니! 너같이 불충한 녀석은 이 자리에서 능지처참하리라."

왕은 그 자리에서 칼을 뽑아 대신의 목을 베어버렸다.

순식간에 기막힌 일을 당한 대신의 식솔들은 너무 놀라고 슬펐지만 왕의 위용과 그를 호위하는 젊은 신하들의 사기에 그만 기가 죽어 왕이 하는 모양을 지켜보기만 할 수밖에 없었다. 왕은 죽은 대신의 모든 재산을 몰수하여 백성에게 골고루 나누어주고, 그의 식솔들을 모두 노예로 만들어버렸다.

이 소식이 재상과 남은 대신들의 귀에 들어가자 그들은 새로운 왕이 자신들을 죽이려 한다는 사실을 깨달았다. 그들은 재상의 집에 모여 차후 대책을 의논하였다.

"애송인 줄 알았는데 이번 왕은 전왕과 달리 그리 호락호락한 인물이 아닌가봅니다. 아무 대책 없이 가만히 앉아 있다가는 우리 모두의 목숨과 재산이 위험하니, 이를 어쩌면 좋겠소?"

재상의 말에 침울하게 앉아 있던 한 대신이 말을 꺼냈다.

"그렇지만 죽은 대신은 왕에게 군신의 예를 갖추지 않았다고 합니다. 그것은 명백한 불충이니 왕이 그를 죽였기로 우리가 어찌 새로운 왕을 탄핵할 수 있단 말입니까?"

모여 있던 사람들은 그 말이 맞다는 것을 잘 알고 있었기에 모두 고개만 끄떡이며 한숨을 내쉬었다.

"그러면 이렇게 합시다. 왕이 하례를 이유로 우리 모두의 집을 방문한다고 하니 깍듯이 군신의 예를 갖춘 다음, 기회를 잘 노려 꼬투리를 잡아 왕을 몰아냅시다."

재상의 제안에 모두 기쁜 마음으로 찬성을 하고 자신들의 승리를 위해 커다란 잔칫상에 둘러앉아 부어라 마셔라 실컷 취해버렸다.

그때 그들이 잔치를 벌이는 곳을 재상 집의 모든 화장실을 치우는 변소지기가 지나가게 되었다. 그러자 잔칫상 앞에 앉아 있던 모든 대신들은 코를 막고 인상을 찌푸렸다.

재상은 무안함에 얼굴이 벌개졌다.

"네 이놈, 여기가 어디라고 냄새나는 네놈이 기어들어오는 게냐! 거기 누구 없느냐! 어서 저놈을 밖으로 데려가 혼쭐을 내주거라."

재상의 불호령이 떨어지기 무섭게 하인들 몇이 달려들어 변소지기를 붙잡았다. 하인들에게 끌려나간 변소지기는 며칠을 앓아누울 만큼 심하게 몰매를 맞았다.

얼마 후 왕은 또다시 한 대신의 집을 방문하였다.

목숨을 잃은 전 대신과 달리 이번에 왕의 방문을 받은 대신은 법도를 가려 한 치의 어긋남이 없이 왕을 정중히 맞이하였다.

그런데 매일 다른 대신들과 모여 술을 먹은 탓에 그의 입에서는 고약한 술 냄새가 진동하고 있었다.

"네 이놈, 아직 선왕의 상이 끝나지도 않았는데 신하된 도리로 술을 마시다니? 군신의 예를 모르는 발칙한 놈이구나!"

왕은 칼을 들어 또다시 대신의 목을 베었다. 그리고는 전과 마찬가지로 그의 재산을 몰수하고 식솔들을 노예로 만들었다.

두 번째 대신도 어이없이 목숨을 잃자 재상과 남은 대신들은 잔뜩 위축되어 모든 것에 최대한 주의를 늦추지 않고 왕을 맞았지만, 왕은 사소한 꼬투리를 잡아 대신들을 한 명씩 한 명씩 숙청하였다.

결국 일곱 명의 대신들은 모두 죽고 재상만이 살아남았다.

왕의 방문 전갈을 받은 재상은 모든 것을 철두철미하게 준비하면서 제발 목숨만 건지길 간절히 기원하였다.

기약한 날이 되자 왕은 아침 일찍 늠름한 신하들을 이끌고 재상의 집으로 향하였다. 그런데 재상의 집에 들어서는데 갑자기 아랫배가 아파오는 것이었다. 왕은 배가 너무 아파 왕 앞에서 완벽하게 군신의 예를 갖추며 벌벌 떠는 재상도 무시한 채 화장실을 찾아 뛰어들어갔다.

시원하게 볼일을 본 후, 화장실을 둘러보던 왕은 갑자기 등에 식은땀이 흐르는 것을 느꼈다.

'아뿔사, 화장실이 이리 깨끗한데 다른 것은 어떠하겠는가! 재상은 이미 나를 맞을 만반의 준비를 갖추었구나. 그런데 나는 너무 급한 나머지 군신의 예를 잊었으니 자칫하면 도리어 내 목숨이 위태롭겠구나.'

왕은 갑자기 몸이 좋지 않다는 핑계를 대고는 서둘러 자신의 궁으로 돌아갔다. 재상은 그 후 관직에서는 물러났지만 변소지기 덕에 목숨과 재산을 건질 수 있었다.

그림자

    항상 불행을 안고 사는 한 남자가 있었답니다.

    모진 불행이라는 녀석이 이 남자를 어찌나 꽉 쥐고 안 놔주던지 그가 하는 모든 일들은 다 어긋나고 틀어졌지요.

    그의 불행이 계속될수록 동료도 가족도 친구도 다 그를 떠나고 그 가여운 남자는 결국 혼자 남게 되었답니다.

    홀로 남겨진 이 남자는 이제 더이상 자신의 주위 사람을 아프게 하지 않기 위해서 아무도 없는 곳으로, 빛도 들지 않는 어둠을 찾아 들어갔답니다.

    그렇게 한 해, 두 해 불행에 쫓겨다니던 그 남자의 머리에 어느덧 눈꽃이 피고, 어둠에 퀭해진 두 눈가에 호박 줄기 같은 긴 주름이 맺힐 즈음, 서너 발치 앞쯤에 싸매고 싸맨 차양을 뚫고 머리카락보다 더 가느다란 한 줄기 빛이 힘겹게 들어왔습니다.

    백발이 되어버린 불행한 남자는 문득 죽기 전에 한 번만이라도 밝은 빛을 보고 싶다는 생각에 조심스럽게 두터운 베일을 벗기고 한 걸음 한 걸음 햇살 속으로 걸음을 내딛었습니다.

하지만 어찌나 햇살이 강하던지 불행한 사람은 얼른 다시 자신이 살던 깊은 굴 속으로 도망치려 했습니다. 그러나 곧 마음을 고쳐먹고 실눈을 뜬 채 하늘을 바라보았습니다. 그런데 바로 거기에는 푸른 하늘, 하늘을 나는 새, 머리를 휘젓고 가던 바람이 그 사내를 잊지 않고 그대로 있는 것이었습니다.

사내는 그제야 안도의 한숨을 쉬며 뒤를 돌아보았습니다. 그 사람 등뒤엔, 그 사람을 떠나지 않고 있는 단 한 사람이 매달려 있었습니다.

사막의 세 여행객

끝없이 광활한 사막을, 세 사람이 여행하고 있었다.

한 사람은 부모에게 물려받은 적지 않은 유산으로 세상을 돌며 장사를 하는 장사꾼이었고, 다른 한 사람은 세상을 여행하며 학문을 연구하는 박사였으며, 나머지 한 사람은 남루한 차림을 한 구도자로 세상을 돌며 지혜를 구하고 있었다.

각기 다른 목적으로 여행하던 세 사람은 우연히 만나 서로를 의지하며 광활한 사막을 건너고 있었다. 그들이 사막 중간쯤을 건널 무렵 세 사람이 가지고 온 물이 바닥나고 말았다. 세 사람은 갈증을 참으며 사막을 건너려고 하다 끝내 사막 한복판에 쓰러지고 말았다.

세 사람이 쓰러져 누운 채 죽을 때만 기다리고 있을 때였다. 멀리서 아주 짧은 나팔 소리와 함께 수많은 군대를 이끈 일대의 무리가 신기루처럼 그들에게 다가왔다. 그 무리는 아름다운 여왕이 이끄는 군대로, 사막 저편의 오랑캐를 토벌하러 가는 원정대였다.

원정대의 아름다운 여왕은 세 사람을 발견하고 친히 자기의 임시 처소로 불러들여 사막에 쓰러져 있었던 이유를 물었다. 세 사람은 여왕에게 여행을 하는 이유를 소상히 들려준 뒤 물을 조금만 나누어달라고 부탁하였다.

여왕은 세 사람의 외모가 범상치 않음을 알아보고 그들 중 한 명을 남편으로 맞기 위해 세 사람을 시험하기로 마음먹었다.

"세 분은 제 이야기를 잘 들으세요. 제가 세 분에게 문제를 낼 터이니 맞혀보세요. 그 문제를 맞히는 분께는 물을 드리는 것은 물론이거니와 그분을 저의 남편으로 삼아 제 나라를 드리겠습니다."

세 사람은 놀라움에 눈이 동그래졌다. 당황하는 세 사람 앞에 여왕은 세 개의 그릇을 내놓으며 말했다.

"세 개의 그릇은 며칠 동안 밖에 내놓은 빈 그릇이었습니다. 그런데 그동안 비가 와서 세 개의 그릇에는 빗물이 담겨졌습니다. 하지만 밖에 내놓은 터에 물은 증발하고 단지 세 개의 그릇 중 하나에만 물이 담겨 있습니다. 물이 담긴 그릇을 찾는 분이 제 남편이 될 것입니다."

여왕의 말이 떨어지자마자 장사꾼이 제일 먼저 목이 좁고 길다란 그릇을 들어올리며 말했다.

"여왕님, 재물은 버는 것보다 덜 쓰는 것이 가장 최선의 방법이라고 저희 아버지께선 늘 강조하셨습니다. 이 목이 긴 그릇은 비록 적은 양의 빗물을 담을 수 있지만 그 목이 좁아 증발량이 적을 테니 이 그릇엔 빗물이 남아 있을 것입니다."

그렇게 확신한 장사꾼이 목이 긴 그릇을 입에 대고 물을 마시려고 했지만 그 그릇에는 물이 한 방울도 남아 있지 않았다.

　그 모습을 지켜보던 박사가 장사꾼의 어리석음을 나무라더니, 넓은 대야를 가리키며 말했다.

　"여왕님, 저는 세상을 돌며 많은 학문을 배웠습니다. 사람은 모름지기 아는 것이 많아야 남에게 존경받듯, 저기 넓은 그릇처럼 많은 빗물을 담을 수 있는 그릇에 빗물이 남아 있을 것입니다."

　확신에 찬 박사가 넓은 그릇에 물이 남아 있나 확인해보았지만 그 그릇엔 물이 한 방울도 없었다.

　그 모습을 지켜보던 구도자는 지체 없이 남아 있는 호리병을 들어 그 안에 담겨 있는 물을 벌컥벌컥 들이켰다. 그러자 장사꾼과 박사는 어부지리로 물이 담긴 그릇을 찾은 구도자를 비겁하다며 나무랐다.

　그러자 여왕이 구도자에게 물었다.

　"다른 분들도 그릇을 선택한 이유를 들려주었으니 당신께서도 제게 마지막 그릇을 선택한 이유를 들려주셔야겠습니다."

　그 물음에 구도자는 껄껄 웃으며 대답하였다.

　"저 역시 세상을 돌며 많은 것을 보고 배웠습니다. 하지만 그것을 함부로 남에게 들려주지 않고 내 마음 깊이 되새겼다가 그것이 옳다고 생각된 다음에야 다른 사람에게 들려주었습니다. 그와 같이 이 호리병은 입구가 넓어 많은 빗물을 담을 수 있고 호리병 아래 넓은 공간이 있어 많은 물을 보관할 수 있으며 목이 좁아 그 증발량이 적을 테이니 이 호리병에 물이 남아 있는 것은 당연한 결과입니다."

　장사꾼과 박사는 더이상 불평할 수 없었다.

똑똑한 아들, 어리석은 아버지

막대한 재산과 엄청난 권력을 가진 한 귀족이 있었다. 그 집안은 대대로 손이 귀한 집안이어서 아직 그에게는 자식이 없었다.

그런데 신의 가호가 있었던지 그 귀족이 나이 쉰을 훨씬 넘겼을 즈음 귀중한 아들을 얻을 수 있었다. 어렵게 얻은 아들이어서 귀족은 어린 아들을 울타리 안에 두고 불면 날세라 쥐면 꺼질세라 애지중지하며, 정말 곱고 귀하게 키웠다. 아들이 원하는 물건은 무엇이든 사주었고, 원하는 일이라면 무엇이든 들어주었다.

아들은 사랑 속에서 무럭무럭 자라 사리 판단을 할 수 있는 나이가 되었고, 자신을 지켜주던 울타리에서 조금씩 조금씩 멀리 나가기 시작하였다.

그러던 어느 날 소작농들에게서 세금을 걷어 집으로 돌아오는 길에 귀족은 자신의 귀한 아들이 하인의 자식들과 어울려 노는 모습을 보았다. 귀족은 너무 놀라 타고 있던 마차에서 얼른 내려 아들에게 달려갔다.

“아들아, 아들아! 내 사랑스럽고도 소중한 아들아! 넌 어찌하여 천하고도 불결한 아랫것들의 자식과 함께 어울리느냐? 아랫것들은 어리석고 불결하여 네가 가까이 해서는 안 될 것들이란다.”

귀족은 정색을 하며 아들을 나무라고는 서둘러 아들을 데리고 자신의 저택으로 돌아갔다. 그리고 하인들을 불러 만약 자신의 아들과 어울리는 녀석이 있으면 큰 봉변을 당할 것이라고 으름장을 놓았다.

그 후 귀족의 귀한 아들은 그 어떤 하인과도 이야기를 나눌 수 없었다.

그러던 어느 날, 귀족이 세금을 걷어 집으로 돌아오는데 자신의 저택에서 조금 떨어진 한 농가에서 자신의 귀한 아들이 소작농의 아이들과 어울려 탈곡을 하는 모습이 보였다.

귀족은 너무 놀라 한걸음에 달려가 아들을 타일렀다.

“아들아, 내 목숨보다 더 귀한 아들아! 넌 어찌 내게 빌붙어 땅이나 파먹는 무능한 것들과 어울려 그토록 천한 일을 하더냐? 네가 그들과 어울리는 것은 절대로 있을 수 없는 일이란다.”

그리고는 급히 아들을 데리고 대저택으로 돌아와서는 소작농들을 불러 전에 하인들에게 하였던 것과 똑같은 으름장을 놓았다.

그 후 귀족의 아들은 자기 또래의 아이들 누구와도 어울릴 수 없게 되었다. 이 때문에 귀족의 아들은 항상 혼자 외롭게 지냈다. 그 모습을 본 동네의 늙은 이발사는 귀족 아들이 측은하여 그와 말동무가 되어 세상의 재미난 이야기들을 들려주었다.

어느 날 귀족은 귀한 아들과 늙은 이발사가 처마 밑에 앉아 다정히 이야기하는 모습을 보았다. 귀족은 그 모습을 보고 너무 화가 나 냉큼 그리로 다가가 화를 내며 말했다.

"아들아, 아들아, 세상의 그 무엇보다 더 귀한 내 아들아! 내가 천한 것들과 어울리지 말라고 누누이 일렀거늘 어찌 이 아비 말은 안 듣고 저 늙은 이발장이와 어울리느냐?"

아들을 엄하게 꾸짖고 난 귀족은 쥐고 있던 말채찍을 들어 늙은 이발사를 사정없이 때리기 시작하였다. 아들은 울며 아버지를 말렸지만 그럴수록 귀족은 늙은 이발사를 향해 채찍을 더 힘껏 휘둘렀다. 그 일이 있은 후 귀족의 아들은 벌로 자기 방에 갇혀 지내야 했다.

그렇게 며칠이 지난 뒤 귀족은 자신이 아들에게 너무 심했다 싶어 아들을 위해 잔치를 준비하였다. 호사스런 옷을 새로 지어 아들에게 주었고, 백여 명이 먹어도 남을 정도의 산해진미를 큰 탁자 위에 가득 차렸다.

귀족은 친분이 있는 다른 귀족들을 불러 그들과 함께 잔칫상 앞에 앉아 아들을 불렀다. 그러나 그 자리에 나온 아들의 모습에 다른 귀족들과 아버지는 크게 놀라고 말았다.

"아들아, 내 소중한 아들아! 귀한 손님이 많은 이 자리에 네 꼴이 무엇이더냐! 네 옷은 어디 두고 벌거벗었으며 네 눈은 왜 그리 가렸더냐?"

귀족이 화난 목소리로 아들을 크게 꾸짖자 아들은 태연하게 대답하였다.

"아버지, 나의 소중한 아버지시여! 전 아버지의 뜻에 따라 이런 모습이 되었습니다. 아버지께서 하인들과 어울리지 말라고 하셨기에 전 그들이 지어준 비단 옷을 입을 수 없었고 소작인들과 어울리지 말라고 하셨기에 그들이 땀 흘려 키운 귀한 음식을 먹을 수 없었으며 지혜를 나누어준 이발사와 어울리지 못하였기에 더이상 앞을 볼 수 없습니다."

나무를 키우는 법

홀어머니와 함께 사는 총명한 소녀가 있었다.

그 소녀는 가정 형편이 매우 어려웠지만 명랑한 성격으로 주위를 항상 밝게 해주었고 자신의 일에 최선을 다하여 어른들의 신망도 두터웠다. 그런 이유로 소녀는 늘 돋보였고 학교에서도 줄곧 반을 이끄는 대표가 되었다.

그러던 어느 해, 소녀는 한 늙은 선생님 반에서 공부를 하게 되었다. 노선생님은, 자상한 성품과 아이들을 가르치는 열정은 그 누구보다 높지만 부잣집 아이들만 편애한다는 그리 좋지 않은 평판이 떠돌고 있었다.

소녀도 그 소문을 알고 있었으나, 자신이 최선을 다한다면 선생님께 사랑받을 수 있다고 생각했다. 게다가 소녀는 거의 모든 아이들의 지지 하에 반대표가 되어 학급을 잘 이끌어갔다.

그런데 그 반에는 말썽꾸러기로 유명한 부잣집 아들이 있었다.

이 말썽꾸러기는 거의 매일 말썽을 피우고 소녀의 일엔 사사건건 시비를 걸어 두 아이가 다투지 않는 날이 없을 정도였다.

어느 날, 선생님이 안 계신 동안 말썽꾸러기가 소란을 피우며 학습 분위기를 망치자, 소녀가 나서서 또박또박 조리 있게 말썽꾸러기를 꾸짖었다. 하지만 말썽꾸러기는 소란을 멈추기는커녕 고래고래 소리를 지르며 소녀에게 대들었다.

두 아이가 한참 실랑이를 벌이고 있는데 어느새 선생님이 소란스런 교실로 들어와 자상한 얼굴로 지켜보고 있었다.

다투던 두 아이는 선생님의 모습을 발견하고는 곧 싸움을 멈추었다.

선생님은 천천히 두 아이에게 다가갔다. 그리고는 말썽꾸러기를 향해 말했다.

"껄껄껄……. 녀석, 목소리가 큰 것을 보니 커서 장군이 되겠구나."

선생님은 그의 머리를 쓰다듬어주고는 이번에는 소녀를 쳐다보았다.

"녀석아, 넌 반의 대표가 되어서 반을 조용히 시키진 못할망정 네가 나서서 싸웠더냐?"

선생님은 두 아이를 자리로 돌려보냈다. 선생님의 태도에 말썽꾸러기는 의기양양한 모습으로 자신의 자리로 돌아갔고 소녀는 고개를 떨군 채 닭똥 같은 눈물만 흘렸다.

수업 시간 내내 소녀는 억울하다는 생각을 떨칠 수가 없었다.

'내가 만일 부잣집 아이였다면 방금 전과 같은 억울한 꾸중을 듣진 않았을 텐데.'

소녀는 자신의 가난이 갑작스레 부끄러워졌고 부잣집 아이를 편애하시는 선생님이 야속하기만 하였다.

방과 후 집으로 돌아가려던 소녀는 문득 자신이 부당한 대우를 받았다고

생각되었다.

'만약 내가 이런 부당한 대우를 참고만 있는다면 선생님께서는 계속 부잣집 녀석만 편애하실 거야. 내가 선생님께 가서 부당한 대우를 시정해달라고 말씀드려야겠어.'

소녀는 선생님을 찾아갔다.

마침 선생님은 난로 곁에 앉아 무언가를 읽고 계셨다.

"아니, 아직 집에 안 갔니? 내게 무슨 할 말이 있나보구나. 추우니까 난로 곁으로 오렴."

선생님은 멀찌감치 서 있는 소녀를 불러 당신 곁에 두었다.

"그래, 내게 하고픈 말이 뭐지?"

선생님이 물었지만 소녀는 말을 꺼낼 용기가 없어 한참을 망설였다.

"선생님, 전 선생님께서 부잣집 아이들만 사랑하신다는 말씀을 들었습니다. 하지만 그것을 믿지 않았는데 좀전에 저만 나무라시는 선생님을 보고는 그것을 믿지 않을 수 없었습니다. 선생님의 그런 행동을 고쳐주십시오."

소녀는 용기를 내어 하고 싶은 말을 쏟아냈다.

"허허허, 그랬구나."

선생님은 소녀의 말에 화를 내기는커녕 조용히 소녀의 머리를 쓰다듬어 주셨다.

"너 혹시 나무를 기르는 사람이 잘 해야 하는 두 가지를 알고 있니?"

선생님의 갑작스럽고도 엉뚱한 질문에 소녀는 선생님의 자상한 얼굴만 바라볼 뿐 대답을 하지 못했다.

"나무를 잘 기르는 사람은 말이다, 첫째는 여리고 튼튼하지 못한 나무를 찾아 양분이 많은 거름을 듬뿍 주어야 하고, 둘째는 튼튼한 나무를 찾아 그 나무가 실한 열매를 맺도록 제때 제때 가지를 쳐주어야 한단다. 네 녀석은 튼튼한 나무인 줄로만 알았는데 네게도 거름이 필요하였구나. 그리고 얘야, 잘못된 것을 보고 잘못되었다고 말할 수 있는 용기는 아무나 가질 수 없는 것이란다. 지금의 용기를 커서도 잊지 말거라.”

선생님은 대견스런 소녀의 어깨를 한참 동안이나 두드려주었다.

가지치기와 **거름** 주는 때를 알기란 쉽지 않다.
하지만 **칭찬**만큼 더 좋은 교육 지침서도 없을 터…….

염라_의 판결

염라대왕 앞에 노인 한 명과 젊은 처녀 한 명 그리고 남루한 모습의 사내 한 명이 무릎을 꿇고 앉아 판결을 기다리고 있었다.

"그래, 너희들은 살아서 무슨 일을 했는고? 소상히 아뢰거라."

염라대왕은 근엄하지만 자상한 미소를 머금은 채 세 사람을 쳐다보았다.

그 물음에 노인이 제일 먼저 말문을 열었다.

"생과 사를 주관하시는 대왕 마마, 소인은 살아 생전 농사를 지어 부모를 봉양하고 처와 아홉 남매를 거뒀습니다. 제가 비록 살아 있을 때 큰 공덕을 쌓지 못하고 제 이름 석 자를 세상에 알리지 못하였지만 남에게 악한 짓을 하지 않았고, 살림이 빈곤하였지만 구걸은 하지 않았습니다. 그리고 삶이 고단하였으나 작은 것에 만족할 수 있었고, 제게 내려주신 천수를 다하고 죽었으니, 소인은 이제 여한이 없습니다. 오직 대왕님의 판결에 따를 뿐입니다."

노인의 말에 염라는 노인을 따뜻한 눈길로 내려다보며 말했다.

"자네야말로 사는 재미를 아는 자로고. 그동안 현세에서 고생이 많았을 터, 이제 극락에 가서 살아 생전에 누리지 못한 기쁨을 누리거라."

판결을 내린 염라는 슬피 울고 있는 처녀를 바라보며 물었다.

"그래, 너는 어이하여 천수를 누리지 못하고 저승에 왔는고?"

처녀는 닭똥 같은 눈물을 흘리며 염라에게 고하였다.

"대왕 마마, 소녀는 어릴 적 어미를 잃고 아비 손에 자랐습니다. 그런데 이제 소녀의 아비가 늙어 소녀는 혼인도 못하고 삯바느질을 해가며 근근히 아버지를 봉양하며 살았습니다. 그러다 어느 날 밤, 동리에 사는 불한당에게 몹쓸 짓을 당하고 그만 죽임을 당하였습니다. 대왕 마마, 소녀의 아비는 소녀가 죽은 줄도 모르고 걱정하고 계실 것입니다. 제발 소녀를 아비에게 돌려보내주십시오."

눈물 가득한 처녀의 고함에 염라는 눈시울을 붉히며 판결을 내렸다.

"가여운 것……. 죽어서도 제 아비 걱정을 하다니! 내 당장 네게 몹쓸 짓을 한 놈을 잡아다가 화염 지옥에 가두리라. 그리고 소녀는 듣거라. 내가 너를 네가 살던 나라의 황후로 다시 살려보낼 테니 어서 돌아가 네 아비가 천수를 누릴 때까지 지극히 봉양하거라."

염라는 선뜻 판결을 내려주었다. 그리고는 남루한 차림의 사내를 쳐다보고는 고개를 갸웃거리며 물었다.

"너는 어찌하여 천수를 누리지 못하고 이곳에 왔느뇨?"

남루한 차림의 사내는 대성통곡을 하며 염라에게 아뢰었다.

"대왕 마마, 어찌 제게 그리 모진 삶을 살게 하셨습니까?"

사내가 원망부터 쏟아놓자 염라는 괴이한 생각에 다시 물었다.

"네 삶이 어찌하였기에 네놈은 날 원망하느냐? 현세에서 어찌 살았는지 소상히 아뢰어라!"

염라의 추상같은 하문에 사내는 울음을 삭이고 자신의 비운을 상세히 고하였다.

"소인은 부농의 아들로 태어났습니다. 어릴 적에는 부모의 사랑 속에서 무엇 하나 아쉬운 것 없이 살았는데 제가 성장하자 가세가 기울어 풀죽도 못 먹을 형편이 되었고, 어느 해 돌림병이 돌자 가족 모두가 저를 두고 먼저 이승을 떠났습니다. 소인은 그나마 구걸을 하여 겨우 목숨을 부지하며 살았는데, 달빛이 처량한 어느 날 밤 소인의 신세가 처량한 생각이 들어 그만 제 스스로 강물에 몸을 던져 지금 이곳에 오게 되었나이다."

사내가 힘들게 살아온 자신의 삶을 이야기하였으나 염라는 측은해하기는커녕 버럭 화를 내며 사내를 꾸짖었다.

"네놈은 듣거라. 난 네놈에게 제왕의 운을 주어 현세에 보내주었는데, 무엇이라? 스스로 그 복을 차버리곤 내게 원망을 해! 너같이 은혜도 모르는 놈은 지금 당장 물고를 내리라!"

염라는 제왕의 운을 타고났으면서도 스스로 목숨을 버린 어리석은 사내를 크게 벌하였다.

47

용왕의 생일 잔치

생일이 되자 용왕은 잔치를 열어 일 년 동안 자신의 왕궁에서 열심히 일한 백성들의 노고를 치하하였다. 용왕의 생일 잔치에는 산해진미가 가득하였고 아름다운 무희들이 아름다운 음악에 맞추어 흥을 북돋웠다. 용왕은 자신의 생일을 축하하며 즐겁게 먹고 노는 백성들의 모습을 보고 무척이나 흡족해했다.

그렇게 여흥이 한참 무르익을 무렵, 용왕은 매년 자신의 생일에 해왔던 대로 훌륭한 백성들에게 상을 주기 위한 자리를 만들었다. 첫 번째로 용왕의 상을 받는 백성은 오백서른한 살을 먹은 바다거북이었다.

"노공은 올해도 여전히 정정하시구려. 노공은 이 바다에서 가장 큰 어르신이니 오래오래 사셔서 젊은 백성들에게 지혜와 경험을 나누어주세요. 필요하신 게 있으면 말씀하십시오. 짐이 마련해드리겠습니다."

용왕의 말에 바다거북은 느릿느릿 대답하였다.

“제가 나이를 먹다보니 소화가 잘 안 됩니다. 그러니 올해도 제가 먹을 수 있는 연한 해초를 나누어주시면 감사하겠습니다.”

바다거북의 청에 용왕은 자상한 얼굴로 바다거북에게 일 년 동안 먹고 지낼 만큼의 연한 해초를 하사하였다.

바다거북이 단상에서 내려가자 다음은 총명하게 생긴 돌고래가 단상에 올라왔다.

“오, 그대로군요! 그대의 이야기는 대신들로부터 전해들었습니다. 아주 용감한 일을 하셨습니다. 그대가 목숨을 걸고 구해준 인간 소식이 인간 세상에 알려져, 인간들이 우리 바다 생물을 보는 눈이 달라졌다고 합니다. 그 공로를 기리고자 그대에게 상을 주려고 하는데, 무엇을 원하오?”

용왕이 물었으나 돌고래는 상을 받고자 한 일이 아니라며 한사코 수상을 거절하였다.

용왕은 그 모습이 갸륵하여 돌고래에게 작위를 주고 큰상을 내렸다.

돌고래가 단상에서 내려오고 다음 차례의 백성이 상을 받으러 단상으로 올라가려 할 때였다. 문어 대신이 급히 단상에 올라가 용왕을 알현하기를 원하였다.

“무슨 일인데 이리 급히 짐을 보고자 하오?”

문어 대신은 숨을 헐떡이며 대답하였다.

“경사가 났습니다. 용왕님의 현명한 정치 덕에 우리 왕궁에 큰 경사가 났습니다.”

문어 대신은 무턱대고 호들갑을 떨었다.

“짐의 생일에 경사가 생겼다니, 더욱 기분이 좋군요. 그래, 그 경사가 무엇이오? 어서 말해보시오.”

그러자 문어 대신은 고이고이 가져온 영롱한 빛의 흑진주를 용왕에게 바쳤다.

"이 흑진주를 보십시오. 이 얼마나 크고 아름답습니까? 이처럼 아름답고 큰 흑진주는 어느 바다에서도 볼 수 없는 아주 귀한 것입니다."

용왕이 문어 대신에게서 진주를 받아들고 찬찬히 살펴보니 자신이 바다를 다스린 몇천 년 동안 한 번도 보지 못했던, 정말 귀하고도 귀한 것이었다.

"정말 아름답구나. 몇천 년 동안 짐은 이런 진주를 본 적도 없고 이런 진주가 있었다는 말도 들어본 적이 없도다. 정말 경사로다, 경사야! 그래, 이 귀한 진주를 만들어낸 내 백성은 지금 어디 있소? 짐과 우리 백성에게 큰 기쁨을 만들어주었으니 그에게 큰상을 내려야겠소. 그 백성을 어서 이리로 데리고 오시오."

용왕의 명령에 문어 대신은 한참을 우물쭈물하다가 대답하였다.

"이 진주를 만든 진주조개는 상처투성이라 깊은 바다에 버렸나이다."

확률

한 수학자가 멀리서 찾아온 친구를 만나기로 약속한 어느 술집 안으로 들어섰다.

그런데 친구는 수학자가 오기도 전에 이미 꽤나 많은 술을 마셨는지라 얼큰히 취해 있었다.

"이 친구, 술 욕심은 여전하구먼! 벌써 이렇게 취해 있으면 어쩌는가?"

수학자의 걱정스런 말투에 친구는 길게 한숨을 내쉬며 그를 맞았다.

"어서 오게나. 안 그래도 자네 오면 하소연하고픈 이야기가 있어 먼저 한 잔하고 있었네. 자넨 수학자이니 확률을 잘 알 테지? 그럼 지금부터 내가 말하는 사건이 일어날 확률이 얼마나 되는지 좀 알려주게나."

만나자마자 친구가 갑작스레 엉뚱한 청을 하였지만 수학자는 친절하게 대답했다.

"어떤 사건인지 말해보게. 내가 한번 계산해봄세."

그러자 친구가 이야기를 시작하였다.

"한 남자가 Y시에서 출장을 가려고 급하게 택시를 탔는데 그 택시 운전사가 강도일 확률은 얼마나 되는가?"

친구가 묻자 수학자는 계산기를 두드리며 확률을 계산하였다.

"Y시는 치안이 완벽해서 그런 일이 일어날 확률은 극히 적지만 전혀 일어날 수 없는 일은 아니라네."

수학자가 대답하자 친구가 다시 물었다.

"그 남자가 다시 돈을 구해 공항에 갔더니 너무 늦어 예약된 비행기를 놓쳤다네. 그런데 놓친 비행기가 사고로 추락했다네. 그런 일이 일어날 확률은 얼마나 되는가?"

수학자는 다시 계산기를 두드리며 대답하였다.

"비행기 사고가 일어날 확률은 극히 적네. 하지만 그도 일어날 수 있는 일이라네."

그 대답에 친구는 또다시 물었다.

"비행기를 놓친 남자가 다음 비행기를 타고 출장지에 도착해 택시를 탔는데, 전에 만났던 택시 강도의 쌍둥이 동생에게 똑같은 범행을 당할 확률은 얼마나 되는가?"

"쌍둥이가 태어날 확률이 그리 적은 것도 아니고 쌍둥이가 같은 삶을 사는 확률도 적지는 않네. 그러니 그도 일어날 수 있는 일이지."

수학자가 대답하자 친구가 웃으며 다시 물었다.

"두 번 택시 강도를 당한 남자가 주머니에 남은 돈으로 전화를 걸려고 거스름돈을 바꾸기 위해 복권을 한 장 구입했는데 60만 분의 1의 확률을 가진 그 복권에 당첨될 확률은 얼마나 되는가?"

"자네도 알다시피, 매주 수많은 복권 당첨자가 생겨나네. 60만 분의 1의 확률이라곤 하지만 일어날 수 없는 일은 아닐세."

수학자는 대수롭지 않게 대답했다.

그러자 친구는 허탈하게 웃으며 또다시 물었다.

"그렇겠지, 복권 당첨자는 매주 생겨나니까! 게다가 당첨된 그 복권이 100만 번에 한 번 생길까말까한 컴퓨터 오류로 인해 중복 발행되는 일도 물론 발생할 수 있는 일이겠지? 하지만 말일세, 중복 발행된 복권의 또다른 임자가 그 남자와 생년월일도 같고 이름도 똑같을 확률은 대체 얼마나 되는가?"

그러자 이번에는 수학자도 한참 동안이나 계산기를 두드리다 천천히 대답하였다.

"글쎄, 하루에 태어나는 사람은 적은 수가 아니지. 그리고 같은 날에 태어난 사람 중에 이름이 같은 사람이라면……, 흔하진 않겠지만 완전히 없을 수 있는 일은 아닐세."

수학자의 대답에 친구는 힘없이 술 한 잔을 들이키고는 물었다.

"그럼 마지막으로 물어보겠네. 중복 발행된 복권을 산 같은 이름의 두 남자가 당첨금의 주인을 가리기 위해 가위바위보를 했는데, 택시 강도를 당하고 비행기 사고를 당할 뻔하고 중복 발행된 복권에 당첨된 그 남자가 질 확률은 얼마나 되는가?"

수학자는 이번에도 한참 동안 계산기를 두드려댔다.

"가위바위보에 질 확률은 2분의 1이니까 가만 있어보자……."

혼자 중얼거리며 계산기를 두드리던 수학자는 0이 잔뜩 붙어 있는 확률 계산 결과를 친구에게 보여주며 말했다.

"이것이 자네가 말한 사건의 확률 결과라네. 수학에선 이런 수치가 나온 사건을 일어날 수 없는 일이라고 하지."

그 대답에 친구는 술을 벌컥 들이키며 수학자에게 말했다.

"젠장! 자네가 말한 일어날 수 없는 일을 내가 좀전에 당했단 말일세."

당신의 **꿈**이 이루어질 **확률**은 얼마나 됩니까?
이 세상에 이루어지지 않는 꿈은 없습니다.
당신이 그 꿈을 **버리지 않는 한**……

세상에서 가장 쓸모없는 발명품

어느 나라에 남 돕기를 좋아하는 부자가 살고 있었다.

그는 어려운 사람을 보면 선뜻 적지 않은 도움을 주었기에 그의 선행은 온 나라에 잘 알려져 있었다.

그러던 어느 날 그 부자에게 가난한 발명가가 찾아왔다.

"선생님, 선생님께서 어렵고 가난한 이들을 도와주신다는 소문을 듣고 실례인 줄 알면서도 이렇게 불쑥 찾아뵈었습니다. 제가 능력은 없지만 선생님처럼 사회의 빛과 소금 같은 분들을 위해 작은 발명품을 하나 개발하고 있는데……."

발명가는 송구스러운 듯한 얼굴로 말을 얼버무리다가 용기를 내어 말을 이어나갔다.

"그동안은 제가 모아놓은 재산으로 개발을 해왔지만 이젠 모아둔 돈도 다 떨어져 개발을 중단해야 할 지경입니다. 선생님께서 제가 발명품을 완성할 수 있도록 도움을 주실 순 없을는지요?"

발명가의 말에 부자는 호기심이 생겼다.

"자네가 나와 같은 훌륭한 사람들을 위해 발명품을 개발한다고? 그래, 그 발명품이 어떤 것인지 이야기해보게!"

부자의 관심에 자신감을 얻은 발명가는 직접 그린 도면을 부자에게 보여주며 발명품에 관한 이야기를 늘어놓았다.

"이 발명품은 항상 선생님같이 좋은 일을 많이 하시는 분들의 고마운 마음을 여러 사람에게 알릴 수 있도록 고안된 발명품입니다."

발명가는 도면을 짚어가며 발명품의 원리를 설명하였지만 부자는 어려운 도면이 쉽게 이해되지 않았다. 단지 자신과 같이 훌륭한 사람의 위업을 세상 사람에게 널리 알려준다는 말에 마음이 솔깃할 뿐이었다.

"어허, 대단한 발명품이야. 자네 같은 발명가가 있어 세상은 살기 좋아지는 것이라네! 개발비가 얼마가 들건 상관말고 자네는 개발에만 힘쓰게나. 개발비는 아낌없이 후원하겠네."

부자가 선뜻 거액의 개발비용을 건네주자 발명가는 당장 연구실에 틀어박혀 연구에 온힘을 쏟았다.

마침내 오랜 연구와 실험 끝에 발명가는 발명품을 완성하였다.

발명가는 제일 먼저 부자에게 전화를 걸어 소식을 전했다.

"선생님, 드디어 제 발명품이 완성되었습니다. 이번 불우 이웃 돕기 성금 모금행사에서 제 발명품의 성능을 시험할 예정이니, 부디 선생님도 참석하셔서 선생님의 은혜로움을 세상에 알려주십시오."

부자는 스스로 매우 흡족해하였다.

"내가 또 불쌍한 한 사람을 구하고 내 덕에 아주 훌륭한 발명품이 완성되

56

었구나. 이러고 있을 때가 아니지. 이번에야말로 나의 위업을 널리 알려야 겠어.”

부자는 준비를 갖추고 발명품이 있는 모금 현장으로 서둘러 달려갔다.

모금 현장에는 벌써 수많은 언론사에서 새로운 발명품의 성능을 보고자 몰려와 있었다.

‘아하, 저것이 내 돈을 들여 만든 발명품이구나.’

부자는 발명가가 발명품을 조작하며 서 있는 곳으로 다가갔다. 그 발명품은 겉보기에는 일반 모금함처럼 생겼는데, 다른 모금함들과는 달리 모금함 위에 수치를 나타내는 계기가 달려 있었다.

“이것이 내 돈으로 만들어진 그 위대한 발명품인가? 그런데 겉보기엔 그냥 모금함처럼 생겼군.”

부자의 물음에 발명가는 공손한 얼굴로 대답하였다.

“네, 이 발명품은 모금함입니다. 하지만 후원금의 가치를 수치로 나타내 주는 특별한 모금함이지요.”

발명가의 설명을 듣고 난 부자는 고개를 끄떡이며 속으로 중얼거렸다.

‘그동안 모금함에 돈을 넣어도 돈을 조금 넣은 녀석들과 나처럼 많은 돈을 기부하는 사람들이 구별되지 않아 늘 불만이었는데, 이 발명품만 있으며 그런 불만은 사라지겠구나!

준비해온 거액의 후원금을 모금함에 넣기 위해 부자도 줄을 섰다.

부자가 자기 차례를 기다리며 모금함의 게이지를 살펴보니 거의 모든 사람의 수치가 무척 낮았다. 부자는 속으로 쾌재를 불렀다. 자신이 모금함에 후원금을 넣을 때 모든 사람이 자신을 존경 어린 눈으로 쳐다볼 거라는 생각을 하니, 몸이 후끈 달아올랐다.

부자가 유쾌한 상상에 빠져 있는데 갑자기 "와" 하는 감탄사가 여기저기서 쏟아져나왔다.

그 감탄사는 부자 앞에 서 있던 남루한 차림의 노파가 모금함에 성금을 넣자 모금함의 계기판이 최대 수치를 가리켰기 때문에 쏟아진 것이었다.

부자는 내심 그것이 좀 불편했지만 설마 남루한 차림의 노파가 자기보다 더 많은 돈을 기부했을까 하는 생각이 들어 자신 있게 거금을 넣었다.

그런데 어찌된 일인지 계기판의 눈금이 조금밖에 올라가지 않는 것이었다. 결과에 크게 실망한 부자는 잔뜩 화가 나 발명가에게 따져물었다.

"이 엉터리 사기꾼아, 네가 내 돈을 가져다가 엉터리 물건을 만든 게 분명해! 내가 거금을 기부했는데 어째서 계기판이 저것밖에 올라가지 않는 건가?"

그 결과에 부자보다 더 당황한 발명가는 어렵게 말을 꺼냈다.

"선생님, 저 발명품은 선생님과 같이 훌륭한 분의 선행을 그저 많고 적음으로만 판단하는 사람들의 모습이 안타까워, 선생님과 같이 훌륭한 분의 고마운 마음을 수치로 나타내기 위해서 만든 것인데……."

발명가의 대답에 부자는 얼른 그 자리를 피하며 속으로 중얼거렸다.

'저 바보 같은 작자가 내 소중한 돈을 가져다가 이 세상에서 가장 쓸모없는 발명품을 만들었구나!

금액이 많고 적으면 어떠랴?
그 마음이 중요한 것을……

58

깃발

정년 퇴직을 하고 소일거리를 하며 여생을 보내던 전직 교장 선생님이 있었다.

하루는 선생님이 평소와 다름없이 집안의 허드렛일을 마치고 산책을 하는데 낯익은 동네 꼬마 아이가 공터에서 혼자 쪼그리고 앉아 울고 있는 모습이 보였다.

선생님은 그 아이에게 다가가 자상하게 물었다.

"아가, 무슨 일이 있니? 무슨 일인데 그리 울고 있니? 엄마한테 혼이라도 난 거야?"

선생님의 물음에도 꼬마는 눈물을 그칠 줄 몰랐다.

선생님이 주머니에서 손수건을 꺼내 아이의 눈물과 콧물을 닦아주자 아이는 겨우 말문을 열었다.

"교장 선생님, 아이들이 우리 아빠를 패배자라고 놀렸어요. 우리 아빠는 남들처럼 많이 배우지도 못하고 남들처럼 좋은 직업도 가지지 못했고 또 남들처럼 많은 돈도 없으니까 패배자래요. 제가 생각해봐도 아빠는 가진 것이 하나도 없어요. 그럼 우리 아빠가 정말 패배자인가요?"

꼬맹이의 당돌한 질문에 선생님은 쉽게 대답을 할 수 없었다.

대신 아이를 다독여 달랜 후 아이에게 한 가지 제안을 하였다.

"아가, 할아버지하고 재미난 놀이 하나 해볼까? 요즘은 이런 놀이를 하지 않지만 할아버지 어릴 적에는 자주 하고 놀았단다. 아주 재미있는 놀이인데 한번 해보지 않을래?"

놀이란 말에 아이는 금세 눈물을 멈추곤 고개를 끄떡였다.

선생님은 아이 앞에 편한 자세로 마주앉아 주위에 있는 모래를 모아 제법 큰 흙더미를 만들었다. 그리고는 곧은 나무 가지 하나를 주워 흙더미 중앙 깊숙이 꽂았다.

"아가, 이 놀이는 너와 내가 번갈아가며 여기 있는 모래를 자기 것으로 만들면 되는 거란다. 그런데 여기 꽂힌 깃발을 쓰러뜨리면 그 사람이 지는 거야."

선생님은 아이에게 놀이의 규칙을 설명해준 후, 아이와 가위바위보로 선공을 결정하였다. 이긴 선생님이 먼저 흙더미의 모래를 자신 쪽으로 가져갔다.

선생님이 처음부터 흙더미의 반 가까이 되는 모래를 가져가자 깃발은 위태롭게 보였지만 쓰러지지는 않았다.

그 모습을 본 아이는 흙더미가 쓰러질까봐 약간의 모래만 자신 쪽으로 가져갔다.

그러나 선생님은 깃발에는 아랑곳없이 아이 편에 있는 모래까지 듬뿍 자

신 쪽으로 가져갔다. 그래도 여전히 깃발은 쓰러지지 않았다.

그럴수록 아이는 깃발이 쓰러질까봐 약간의 모래만 자신 쪽으로 가져갈 뿐이었다.

하지만 선생님은 여전히 깃발에는 신경쓰지 않은 채 많은 양의 모래를 가져가려다 그만 깃발을 쓰러뜨리고 말았다.

그러자 아이는 까르르 웃으며 어리석은 선생님을 놀렸다.

"교장 선생님은 바보네요. 그렇게 많은 모래를 가져가려고 욕심을 부리니까 깃발이 쓰러지잖아요."

아이의 놀림에 선생님은 쑥스러운 듯 웃어보였다.

그리곤 웃고 있는 아이의 머리를 쓰다듬어주며 말했다.

"아가, 인생이란 놀이는 말이다, 누가 모래를 많이 모으는가를 겨루는 놀이가 아니라 누가 깃발을 쓰러뜨리지 않는가를 겨루는 놀이란다."

모래를 많이 가졌다고 꼭 **이기는 것**은 아니다. 또한 모래를 적게 가졌다고 지는 것도 아니다. **다만** 깃발을 쓰러뜨리지 않는 이가 승자이다.

인터뷰

A씨는 C신문사의 연예부 민완 여기자이다.

그녀의 눈과 귀에는 언제나 크고 작은 연예 기사 거리들이 보이고 들렸으며 그녀는 그 누구보다도 빨리 그것을 기사화하는 대단한 능력을 가지고 있었다.

그런 타고난 재능과 노력 때문에, 그녀는 전례가 없을 정도로 빠른 승진을 하였고, 젊은 나이에 팀원을 지휘하는 연예부 데스크 자리에까지 오를 수 있었다.

"도대체 당신들은 뭣하는 사람들입니까? 이런 중요한 기사가 다른 신문에 다 실릴 동안 당신들은 뭐하고 있었던 거죠? 당신들, 기자 맞아요? 혹시 여기를 학급 신문 만드는 초등학교 교실로 착각하는 것 아닙니까?"

A씨는 팀원들을 모아놓고 채근하기 시작하였다.

그녀의 독설은 오 분만 들어도 듣는 이가 심장마비를 일으켜 응급실로

실려갈 만큼 지독하기로 유명했기 때문에, 그녀의 채근이 시작되면 기자들은 주눅이 들기 일쑤였고, 그녀의 타깃이 되지 않기 위해 아무도 대꾸를 못하고 그저 듣기만 할 뿐이었다.

"P기자님, 그동안 기자 생활 공짜로 했습니까? 다른 팀원들이야 경력이 짧고 어려서 어리버리하다고 하지만 P기자님은 기자 생활 10년이 넘었잖아요. 그런데 지금 하고 다니는 꼴 좀 보세요. 콧물 흘리고 다니는 병아리보다도 못하니 이러고도 월급 받아가고 싶으세요?"

A씨는 항상 자신보다 선배인 P기자에게 먼저 독설을 퍼부었다.

P는 후배인 동시에 상사인 A씨의 독설을 듣고만 있을 뿐 아무런 저항도 할 수 없었다. 왜냐하면 그가 A씨에게 항변이라도 하면, A씨는 자신의 논리적이고 조리 있는 말솜씨로 그를 단 일 분 만에 이 세상에서 가장 무능한 인간으로 만들고도 남았기 때문이었다.

"그리고 D, 너, 넌 바보냐! 도대체 시키는 일도 제대로 못하면서 무슨 기자 생활을 한다고 그래. 너 기자 생활 때려치고 어서 시집이나 가라! 기자라면 적어도 직업 의식이 투철해야 할 것 아니야! 거울 보고 화장할 틈 있으면 발로 뛰어. 그럴 능력 없으면 다른 신문사 남자 기자나 홀려서 기사 동냥이라도 해오든가!"

A씨의 채근은 P에게서 신입 여기자 D에게로 넘어갔다.

D 역시 A씨의 독설을 들으며 눈물만 흘릴 뿐 감히 그녀에게 입도 뻥끗하지 못하였다.

"뭘 잘했다고 우는 거야! 내가 어디 틀린 말했니? 내가 K감독 인터뷰 따오라고 시킨 게 언제야! 그런데 아직 기사는커녕 연락도 제대로 못 해봤다는 게 말이 되니?"

A씨는 요즘 잘 나가는 신인 영화 감독 K의 인터뷰 문제를 꼬투리 잡아 D를 불독처럼 사정없이 몰아세웠다.

"그……, 그게 K감독님께서 언론과 접촉하는 것을 무척 싫어해서 좀처럼 기회를 만들 수 없었습니다."

D는 A씨에게 그렇게 변명을 하였지만 그 변명은 A씨에게 무능의 증거처럼 보여질 뿐이었다.

"그걸 말이라고 해? K가 만나주지 않으면 그 사람 부부 침실에 들어가 눕는 한이 있더라도 인터뷰를 따와야 할 것 아냐!"

"여러 방면으로 연락은 해봤지만……."

D의 두 번째 변명에 A씨의 손에 들려져 있던 서류 뭉치가 D를 향해 날아갔다. D는 결국 참았던 울음보를 터뜨리고 말았다.

그 모습을 지켜보던 팀원들은 모두 소금에 푹 절인 배춧잎처럼 사기를 잃고 말았다.

"그런 변명할 시간 있으면 노력을 해! 능력 안 되면 당장 사표 쓰고! 좋아, 내가 직접 나서서 오늘 안에 K의 인터뷰를 따오겠어. 대신 내가 오늘 안으로 인터뷰 따오면 네 무능이 입증되는 거니까 당장 사표 쓰도록 해!"

A씨는 자기 마음대로 회의를 끝마치고 자신의 인맥을 총동원해서 쉽사리 K감독과의 약속 시간을 잡아냈다.

A씨는 K감독을 만나러 촬영 현장으로 찾아갔다. K감독은 새로운 영화 제작에 한참 정열을 쏟고 있었다.

"감독님, 어제 촬영 때 예상보다 필름을 열 통이나 더 쓰셨어요. 자꾸 이러시면 예산 운영하는 제가 힘들어져요."

A씨가 촬영 현장에 도착했을 때 마침 K감독은 한 젊은 스태프에게 싫은

소리를 듣고 있었다.

"내가 어제 필름을 그렇게 많이 썼나? 미안해. 어제따라 내 마음에 드는 장면이 잘 안 나와서……. 다음부턴 조심할게."

K감독이 너털웃음을 웃으며 사과하자 젊은 스태프는 들고 있던 서류 다발을 점검해보더니 K감독에게 한마디하고 사라졌다.

"어쩔 수 없죠. 소품 제작비를 좀 아끼면 모자란 부분은 충당할 수 있을 것 같으니 너무 신경 쓰진 마세요."

A씨는 감독이 스태프에게 꾸중을 듣는 모습이 신기하기만 하였다.

외부에 잘 알려지지 않은 천재 영화 감독 K의 모습은 A씨가 상상하던 모습이 아니었기에 A씨는 실망스런 얼굴로 그에게 다가가 말을 걸었다.

"K감독님, C신문사 기자 A입니다."

A씨는 불편한 감정을 감추며 최대한 상냥한 표정으로 인사를 건넨 뒤 그와 인터뷰를 시작하였다.

K감독의 영화관, 그의 가족관계, 이번 영화에 대한 이야기와 그에 대한 주위의 평들에 대하여 자세히 인터뷰하는 동안 A씨는 그에게서 주위에서 그를 천재라고 부를 만큼의 특별한 점을 발견할 수 없었다.

"K감독님은 평론가들 말과 다르게 평범하시네요. 신인이지만 명감독이라는 평을 듣고 있는데 그 이유가 뭐라고 생각하십니까?"

A씨의 곱지 않은 질문에 K감독은 대답 대신 머리만 긁적였다.

A씨는 그의 대답보다는 좀전에 젊은 스태프에게 수모를 당한 이유가 더 궁금하였기에 마지막으로 물었다.

"방금 전에 보니 보조 스태프에게 호되게 당하고 계시던데, 평소에도 그렇게 아랫사람에게 약점 잡히는 일들이 많으십니까?"

　A씨의 당돌한 질문에 K감독은 잠깐 당황하는 듯하였지만 크게 한번 웃어보이며 말했다.

　"제게 아까 명감독이라고 불리는 이유를 물었던가요? 제가 생각하는 명감독이란 주인공을 잘 쓰는 사람이죠. 영화는 주인공이 이끌어가는 것이거든요."

　K감독 말에 A씨는 고개만 끄떡여주었다.

　"그런데 전, 제가 만드는 영화에 굉장히 많은 주인공을 둡니다. 극중 주인공도 있지만 조연을 연기하는 조연의 주인공, 단역을 소화하는 단역 배우 주인공, 그리고 영화 제작 뒤에서 묵묵히 일하는 스태프도 그 주인공 중 한 명이죠. 전 단지 그 수많은 주인공들이 주인공 역할을 제대로 할 수 있게끔 분위기만 만들어줍니다. 나머지는 그 주인공들의 몫으로 남겨두죠. 아까 절 나무랐던 그 젊은 스태프는 영화의 예산을 관리하는 중요한 주인공 중 한 사람입니다. 그 주인공이 자신의 맡은 바 임무를 다하고 있으니, 저는 그저 그가 대견할 뿐입니다."

유능한 지도자는 **개인적**인 재능이 뛰어난 사람이 아니라
구성원들의 능력을 **백 프로** 이끌어낼 수 있는 능력의 소유자다.

 비법 전수

젊고 유능한 도예가가 있었다.

대학에서 도예를 전공한 그는 여러 예술 대전에 참가하여 수없이 입상하였지만, 늘 자신의 작품에 만족하지 못하였다.

그러던 어느 날 그는 자신이 만들어놓은 작품들을 모조리 부숴버리고 다시 시작하는 마음으로 자신을 이끌어줄 스승을 찾아나서기로 하였다.

젊은 도예가는 여러 나라를 돌며 수많은 유명 도예가를 만나 자신의 스승이 될 만한 사람을 찾았지만, 자신을 이끌어줄 스승을 발견하기란 쉬운 일이 아니었다.

그러던 중 젊은 도예가는 몇 대를 이어오며 도자기를 굽는다는 한 명인에 대한 이야기를 듣고 그를 찾아나섰다.

그 명인이 빚은 도자기는 그 모양은 투박하고 서민적이나 도자기에서 나오는 은은하고 푸른 빛깔은 세상 그 어디에서도 볼 수 없는 독특하고 아름다운 것이었다.

　명인의 도자기에 반한 젊은 도예가는 명인에게 자신을 제자로 삼아달라며 매달렸지만 명인은 집안 대대로 내려오는 비법을 다른 사람에게 전해줄 수 없다며 제자 삼기를 거절하였다.

　그러나 명인은 젊은 도예가의 열정과 그의 끈질긴 설득에 못 이겨 마침내 그를 제자로 삼기에 이르렀다.

　그 후 젊은 도예가는 몇 년 동안 반죽하는 일만 하고 또 몇 년 동안은 불 피우는 일만 하고 또 몇 년 동안은 유약을 바르는 단순한 일만을 해야 했다.

　그렇게 근 십 년 동안 아무 말 없이 명인 밑에서 허드렛일을 하고 나서야 젊은 도예가는 겨우 물레 앞에서 자신의 작품을 만들 수 있었다.

　그러나 명인은 젊은 도예가에게 집안 대대로 내려오는 비법을 전해주기는커녕, 귀에 딱지가 앉을 정도로 매일 같은 잔소리만 해댔다.

　"흙을 반죽할 때는 부모님 몸을 주무르듯 정성을 다하며, 그릇을 빚을 때에는 연인을 만지듯이 사랑을 다하며, 유약을 바를 때에는 치성을 드리듯이 그릇됨이 없어야 하고, 불을 살필 때에는 물가에 내놓은 아이를 지켜보듯이 한 치의 소홀함도 없어야 한다."

　명인은 이렇게 똑같은 말만 되풀이할 뿐 집안의 비법에 대해서는 입도 벙긋하지 않았다. 젊은 도예가는 명인에게 집안의 비법이 없는 것은 아닌가 하고 의심도 하였다.

　그런데 도자기를 만들기 전날이면 명인은 언제나 제자를 남겨둔 채 혼자 비밀의 방으로 들어가곤 했다. 제자는 스승의 엄명이라 그곳에는 얼씬도 하지 않았다.

　그날도 명인은 혼자서 비밀의 방에 들어갔다.

그러나 갑자기 호기심이 발동한 제자는 몰래 그 방에 숨어들어가 스승의 모습을 지켜보았다.

비밀의 방에 들어간 스승은 아주 낡은 궤짝에서 매우 오래된 두루마리 하나를 조심스럽게 꺼내 펼쳐놓고 읽고 또 읽는 것이었다.

'아하, 저것이 대대로 내려오는 비법이 담긴 두루마리구나.'

제자는 스승에게 들킬까봐 몰래 비밀의 방을 빠져나왔다.

며칠 후 스승이 자리를 비웠을 때 제자는 비밀의 방으로 가보았지만 비밀의 방문은 굳게 잠겨 있었다.

'그래, 스승님은 언젠가 저 비법의 두루마리를 내게 넘겨주실 거야.'

그렇게 생각한 제자는 묵묵히 스승 밑에서 자신의 재능을 갈고닦았다.

그리고 제자의 작품이 스승의 작품만큼이나 세인들의 관심을 끌 즈음, 스승이 병들어 앓아눕게 되었다.

임종을 앞둔 스승은 그동안 자기 밑에서 묵묵히 있어주었던 제자를 불러들였다.

"얘야, 내가 이제 더이상 그릇을 구울 수 없게 되었나보다. 허나 그동안 조상님들의 뜻을 이어 지금까지 그릇을 구울 수 있었고 또한 너처럼 믿음직한 제자를 이 세상에 남겨두고 가니, 더는 여한이 없구나."

제자는 스승의 병든 모습을 보고 눈물을 흘렸다.

"얘야, 이제 너에게 조상 대대로 내려오는 비법을 전해주고 조상님들 곁로 가려 한다. 자, 이 열쇠를 받거라. 이 열쇠는 그동안 너의 출입을 금했던 비밀의 방 열쇠이다. 그 방에 가면 낡은 궤짝이 있는데 그 안에 조상 대대로 내려오는 귀중한 비법이 담겨져 있단다. 부디 잘 간수하여 다음 대에도 전해다오."

스승은 제자에게 마지막 유언을 전하고는 제자의 손을 잡은 채 편안히 눈을 감았다.

스승의 장례를 정성스럽게 치른 제자는 스승의 유언대로 비밀의 방에 들어가 낡은 궤짝을 열어 아주 오래된, 비법이 남긴 두루마리를 조심스럽게 꺼내어 펼쳐보았다.

그런데 그 낡고 소중한 두루마리엔 스승이 늘 자기에게 잔소리하던 '흙을 반죽할 때는 부모님 몸을 주무르듯 정성을 다하며, 그릇을 빚을 때에는 연인을 만지듯이 사랑을 다하며, 유약을 바를 때에는 치성을 드리듯이 그릇됨이 없어야 하고, 불을 살필 때에는 물가에 내놓은 아이를 지켜보듯이 한 치의 소홀함도 없어야 한다'라는 말이 적혀 있었다.

모든 일에 있어서 **기본**만큼 **중요한** 비법도 없을 터………

노숙자 센터

한 노숙자 센터에 각기 다른 환경에서 자란 두 노숙자가 새로 들어왔다.

두 사람은 자라온 환경과 노숙자가 된 사연은 각자 달랐지만, 한 역전에서 오랫동안 구걸해서 모은 돈으로 술을 마시며 찌든 삶을 살았던 경험은 같았다.

노숙자 센터의 인자한 원장이 새로 들어온 두 사람을 불러 그동안의 살아온 사연을 물었다.

두 노숙자 중 좀더 젊은 노숙자가 먼저 말을 꺼냈다.

"저는 원래 이런 곳에 들어올 사람이 아니었습니다. 저희 집안은 대대로 큰 농사를 짓는 부농이었습니다. 제 고향의 땅이 거의 저희 집안 소유였던 만큼 저희 집안은 동리에서도 이름이 자자한 부농이었지요."

젊은 노숙자가 이야기하는 동안 늙은 원장은 자상한 얼굴로 그를 쳐다보았다.

“그럼 어쩌다가 그 많은 재산을 다 잃고 이렇게 노숙을 하게 되었나요?”

원장의 물음에 젊은 노숙자는 머쓱한 표정으로 대답하였다.

“그게 다 저희 부모님 때문입니다. 부모님께서 독자인 절 너무 귀여워하셔서 어린 제가 원하면 무엇이든 다 해주며 키우시지 않았겠습니까! 그래서 저는 부모님께서 돌아가시고 난 후 할 줄 아는 것이 아무것도 없었습니다. 그래서인지 손대는 사업마다 다 망하고 그 많던 재산도 가족도 모두 잃어버렸습니다.”

원장은 젊은 노숙자의 말에 안타까운 표정을 지으며 고개를 끄떡였다. 그리고는 이번엔 나이가 좀 들어보이는 노숙자에게 물었다.

“당신은 어쩌다가 노숙 생활을 하시게 되었습니까?”

늙은 노숙자는 한참 동안 입을 열지 못하였다.

“저는 태어날 때부터 노숙자 생활을 해왔습니다. 저희 할머니께서 걸인이셨고 저희 아버지께서도 또한 걸인이셨습니다. 그리고 저 또한 거리에서 태어나 거리에서 자랐습니다.”

늙은 노숙자의 사연에 원장은 눈물까지 글썽이며 측은한 마음을 가누지 못했다.

“여기는 당신들 같은 분들이 용기를 얻어 당당한 사회인으로 다시 나갈 수 있도록 돕는 곳입니다. 그러니 힘들 내십시오. 그러면 반드시 좋은 일이 있을 겁니다!”

원장의 말에 두 노숙자는 단단히 결심을 하고 힘차게 고개를 끄떡였다.

그날부터 젊은 노숙자는 센터에 거주하고 있는 다른 노숙자들과 많은 이야기를 나누었다. 그리고 주위 노숙자들에게 자신의 지혜를 들려주고 생활에 필요한 지식을 알려주는 등 센터 생활에 매우 적극적으로 참여했다.

72

그의 열정 때문인지 센터의 많은 노숙자들이 그의 말을 따르며 그를 존경하였다. 특히 그와 같은 날 센터에 들어온 늙은 노숙자는 그 젊은 노숙자의 말에 따라 자신이 살아온 모든 습관을 고치려고 노력하였다.

늙은 노숙자가 뒤늦게 자신의 삶을 조금씩 바꾸어가며 노숙자 센터 생활에 익숙해질 때쯤 노숙자 센터 사람들에게 희소식이 들려왔다. 한 대기업이 사회 봉사 차원에서 전국의 노숙자 센터에 기거하는 노숙자 중 한 사람씩을 뽑아 재활의 기회를 주기로 한 것이다. 그렇게 뽑힌 사람들은 살 수 있는 집과 안정된 직장을 보장받을 수 있었다.

그러나 그런 혜택을 얻을 수 있는 사람은 각 노숙자 센터에서 한 사람뿐이었으며, 또한 노숙자 센터 원장의 추천서가 있어야 했다.

소식을 전해들은 노숙자들은 술렁이기 시작하였다. 그러한 좋은 기회가 자신들에게 찾아온다면 새로운 삶을 살 수 있었기에 모든 노숙자들은 그 기회를 간절히 원하였다. 그러나 새로 온 젊은 노숙자가 아는 것도 많고 열정이 있었기에 노숙자들 대부분은 기회가 그에게 주어질 것이라고 생각하고 있었다.

드디어 노숙자 센터의 원장은 모든 노숙자를 한자리에 모아놓고 황금 같은 기회를 얻을 한 사람에게 추천장을 전해주기로 하였다.

추천장을 든 원장이 모여 있는 노숙자들을 휘 둘러보자 모든 노숙자들은 마른침을 꿀꺽 삼키며 긴장하였다.

긴장된 분위기와는 달리 원장은 편안한 미소를 가득 채운 얼굴로 새로 들어온 늙은 노숙자에게 천천히 다가가 추천서가 든 봉투를 전해주었다.

추천서가 엉뚱한 사람에게 전해지자 노숙자들 사이에서 잠깐잠깐 소동이 일었다.

특히 젊은 노숙자는 추천서가 마땅히 자신에게 전해지리라고 믿고 있다가 엉뚱한 사람에게 전해지자 부아가 치밀었다.

잔뜩 골이 난 젊은 노숙자는 자리에서 벌떡 일어나 볼멘소리로 원장에게 따지기 시작했다.

"원장님, 추천서가 잘못 전해진 것 아닙니까? 그 추천서는 제가 받아야 마땅하다고 생각합니다. 전 이 센터에 들어와서 여기 모인 다른 분들께 제 삶의 지혜와 지식을 전해주었고 모든 일에 열정적이었습니다. 그것은 원장님이나 여기 계신 모든 분들이 다 알고 있는 사실인데, 왜 제게 추천서를 주지 않는 것입니까?"

모여 있던 노숙자들은 젊은 노숙자의 당돌한 항변에 고개를 끄떡였다. 그러나 원장은 자상한 얼굴로 잠시 젊은 노숙자를 쳐다보다가 천천히 말문을 열었다.

"추천서는 잘못 전해지지 않았고 제 주인을 찾아갔습니다. 여기 당신이 머무는 이 노숙자 센터는 그동안 여러 사연으로 해서 잘못된 삶을 살았던 분들이 들어와 자신을 바꾸고 새 삶을 시작하기 위한 발판을 마련하는 곳입니다. 그런데 당신은 이곳에 들어와 자신의 어떤 점을 바꾸셨나요?"

원장의 물음에 젊은 노숙자는 한 마디도 대답하지 못했다.

74

여자 로봇 러브

저명한 공학 박사가 있었다.

그는 어릴 적부터 사람과 어울리기보다 기계를 가지고 노는 것을 좋아하였고, 그래서 가족 말고는 친한 사람이 거의 없었다.

그는 공학 박사가 된 후, 인공 지능 분야와 그것을 이용한 로봇 개발 분야에 있어서 세계적인 명성을 얻었다.

그처럼 연구와 개발에만 거의 모든 시간을 보냈기 때문에 그는 이성을 만날 틈이 없었고 그래서 늦은 나이가 될 때까지 이성과 사랑을 해보지도 못하였다.

그런 그에게 운명적으로 한 여성이 다가왔다. 사랑 한번 제대로 해보지 못한 공학 박사는 운명적으로 다가온 그 여인과 사랑에 빠지고 말았다.

그는 연구 시간을 쪼개어 사랑하는 여인과 함께 보내려고 노력했지만 공학 박사의 늦은 사랑은 그렇게 순탄치만은 않았다. 왜냐하면 그는 지금껏 사랑을 해보지 못한데다 사람보다는 기계와 더 친했기 때문에 사람을 대하는 데 서툴렀기 때문이다. 그래서 공학 박사가 사랑하는 여인을 만날 때면 늘 크고 작은 싸움이 있었고 그 싸움들이 두 연인의 가슴속에 응어리로 남게 되었다.

그러던 어느 날 공학 박사는 사랑하는 여인과 사소한 일로 다투고 자신의 연구실로 돌아와 곰곰이 생각에 잠겼다. 그리고 그날의 싸움이 자신 때문이라는 것을 깨닫고는 여인의 마음을 풀어줄 방법을 궁리했다.

'그래, 그 사람에게 내가 하는 일을 잘 설명해주는 거야. 그럼 날 더 잘 이해할 테고, 싸울 일도 없겠지.'

그는 여인에게 자신의 일을 이해시키기 위해 그 여인과 똑같은 로봇을 만들어 그녀에게 선물하기로 마음먹었다.

그날부터 공학 박사는 자신이 사랑하는 사람과 똑같은 로봇을 개발하기 시작하였다. 그 로봇은 자신의 주인이 원하고 바라는 것은 무엇이든 하도록 설계되었다.

드디어 러브라고 이름지어진, 공학 박사가 사랑하는 여인과 똑같은 모습의 로봇이 완성되었다.

그러나 로봇은 제 임자를 찾아갈 수 없었다. 러브를 개발하는 동안 그와의 사랑을 확신 못한 여인이 떠나버렸기 때문이다.

뒤늦게야 그것을 알게 된 공학 박사는 깊은 시름에 잠겨 거의 매일 술에 찌들어 살다시피 하였다.

그렇게 폐인처럼 살아가던 어느 날 공학 박사는 자신이 개발한 러브를 떠올리고 떠난 연인에 대한 아픔을 러브로 대신하고자 하였다.

세계적인 공학 박사가 만든 로봇이라 그런지 러브는 정말 떠난 연인처럼

이야기하고 떠난 연인처럼 행동하였다. 뿐만 아니라 공학 박사가 원하는 것이라면 무조건 명령에 따랐다.

러브 덕분에 공학 박사는 기운을 차릴 수 있었지만 러브는 사람이 아니라 로봇이었다. 러브는 결코 떠나간 연인을 대신할 수 없었다.

"저리 꺼져, 이 고철덩어리야!"

어느 날 공학 박사는 곁에서 자신을 지켜보던 러브에게 버럭 화를 냈다.

"박사님, 제가 무엇을 잘못했나요? 말씀해주세요. 제가 잘못한 것이 있다면 고치겠어요."

러브는 프로그램되어 있는 것처럼 주인이 시키는 일은 뭐든지 하려고 그렇게 물었다.

"난 지금 사랑하는 사람이 필요해. 그런데 넌 로봇이야. 로봇이 어떻게 사람을 대신해! 이제 다 필요 없어, 어서 저리 꺼져!"

공학 박사가 불같이 화를 내자 러브가 다시 물었다.

"제가 사람이 아니어서 화를 내시는 건가요? 그럼 제가 어떻게 하면 사람이 될 수 있죠?"

"뭐? 기계 덩어리가 사람이 된다고? 로봇은 울 수도 눈물을 흘릴 수도 없어. 넌 그저 로봇이라고!"

그는 버럭 소리를 지르며 러브를 세차게 밀어버렸다. 쓰러진 채 자신을 올려다보고 있는 러브를 놔두고 공학 박사는 밖으로 나가버렸다.

혼자 남은 러브는 주인이 말한 것을 컴퓨터로 검색하여 찾아보았다. 그리고는 한쪽에 조용히 앉아서 공학 박사가 돌아오기를 기다렸다.

밤이 꽤나 깊어져서야 공학 박사는 만취한 상태로 집으로 돌아왔다. 러브는 술에 취한 주인을 부축해 의자에 앉히고 그를 즐겁게 해주기 위해 주머니에서 작은 물병을 하나 꺼내들며 말했다.

"박사님, 제가 컴퓨터로 찾아보니 눈물이라는 것은 사람의 눈에서 나오는 염분이 함유된 액체더군요. 그래서 제가 눈물과 같은 성분의 액체를 만들어 이 병에 담아두었어요. 그러나 전 눈물을 분사할 장치가 만들어져 있지 않기에 제가 직접 이 액체를 눈에 넣어 눈물을 분사하겠어요."

러브의 말에 공학 박사는 코웃음을 쳤다.

"그만둬! 네 몸은 정밀 기계로 만들어져 있어. 그런 액체를 눈에 넣는다면 넌 망가져 다시는 고칠 수 없게 된단 말이야."

그러나 러브는 컴퓨터에서 본 사람의 슬픈 표정을 억지로 흉내내며 말하였다.

"네, 이 액체가 제 눈에 들어가면 전 더이상 쓸모없어질 거예요. 그러나 그 순간만이라도 당신을 기쁘게 해드릴 수 있다면 제 임무는 다한 것이니 그대로 하겠습니다."

러브는 자신이 만든 눈물을 눈에 넣고 서서히 움직임을 멈추어버렸다.

남녀 간의 사랑은 상대방이 날 이해하도록 만들려는 것도 중요하지만 먼저 상대방을 이해해주는 것이 더 중요하지 않을까 하는 생각, 조심스레 해봅니다.

못난이 사찰

어느 나라에 못난이 사찰이라고 불리는 작지만 유명한 절이 있었다.

그 절에는 늙은 주지 스님이 한 분 계셨는데 그 분은 도량은 무척 깊었지만 외모가 흉하고 못나게 생겼다.

못난이 사찰이 유명해진 이유는 도량 깊은 못난이 주지 스님 때문이기도 했지만 수백 개의 각양각색의 국보급 돌부처들이 있기 때문이기도 했다.

그런데 수백 개의 돌부처들이 늘어선 한구석에 덩치는 산만 하고 생긴 것은 워낙 볼품없는 돌부처 하나가 있었다. 사람들은 그 돌부처를 못난이 부처라 불렀다. 그리하여 못난이 사찰은 못난이 주지 스님과 못난이 돌부처 때문에 그렇게 불리게 된 것이다.

못난이 돌부처가 언제부터 빼어난 돌부처들 옆에 있었는지 정확히 아는 사람은 없었다. 단지 전설에 의하면, 아주 오래 전 그 사찰을 짓던 유명한 석공들이 수많은 돌부처를 만들었는데, 스님과 약속한 돌부처의 숫자를 채

우기 위해 공사 마지막 날 성의 없이 만든 돌부처가 있었으니, 그것이 바로 못난이 부처라고 하였다.

그런 전설 때문인지 아니면 못난이 부처가 워낙 볼품없어서 그런지 그 절을 찾는 사람들은 못난이 부처에는 관심을 두지 않고 다른 돌부처에게만 관심을 두었다. 다른 돌부처들 앞엔 언제나 꽃이며 음식이며 돈 같은 공양이 그득하였지만 못난이 부처 앞엔 마른 들풀 하나 놓여 있지 않았다.

그래서 그 절의 스님들은 항상 주지 스님에게 못난이 부처를 없애버리자고 하였지만 못난이 주지 스님은 그때마다 껄껄 웃으며 말했다.

"그냥 두세요. 아무리 못생긴 부처님이지만, 부처님은 자신이 있어야 할 곳을 잘 알고 계실 겁니다. 그러니 우리가 나서서 부처님을 옮길 순 없는 일이지요."

주지 스님의 말씀에 다른 스님들은 더이상 토를 달지 않았지만 자신들이 수양하고 있는 절이 못난이 부처 때문에 못난이 절이라고 불리는 것이 영 못마땅했다.

스님들과 신도들은 못난이 부처를 홀대하였지만 주지 스님은 못난이 부처를 자주 찾아 그 곁에 버려진 쓰레기를 치워주시며 애지중지 아끼셨다.

그런데 못난이 부처의 유일한 벗인 주지 스님이 노환으로 쓰러져 곧 열반에 들게 되었다. 주지 스님은 다른 스님들과 신도들을 불러 당부하셨다.

"모두들 들으세요. 내 지금껏 살아오며 배운 것은 이 세상 모든 것은 제 나름대로의 몫이 있다는 것입니다. 그러니 잘났고 못난 것을 구별하지 말고 그 몫에 맞게 살아가는 지혜를 가지세요."

마지막 설파를 마친 못난이 주지 스님은 열반에 들었다.

그 후 새로운 주지 스님이 다른 스님과 신도들을 불러 못난이 부처에 관

80

해 말을 꺼냈다.

"큰스님이 계셨을 땐 큰스님께서 못난이 부처를 애지중지하셔서 못난이 부처를 그냥 두었습니다. 하지만 큰스님이 이제 열반에 드셨으니 못난이 부처를 없애버렸으면 하는데, 다른 분들 생각은 어떻습니까?"

몇몇 신도의 반대가 있었지만 대부분의 스님과 신도들이 새로운 주지 스님의 제안에 동의하였다. 그래서 주지 스님은 날을 잡아 덩치 큰 못난이 부처를 아무도 찾지 않는 후미진 곳으로 옮기기로 하였다.

드디어 못난이 돌부처를 옮기기로 한 날이 되었다. 못난이 부처는 덩치만큼이나 무거운지라 대형 크레인 몇 대가 동원되어야만 했다.

새 주지 스님의 지휘 아래 여러 대의 크레인이 못난이 부처를 들어올리는 순간, 갑자기 주위에 있던 수많은 다른 돌부처들이 흔들리기 시작하더니 급기야 중심을 잃고 쓰러져, 못난이 사찰의 빼어난 돌부처들이 모조리 박살나고 말았다.

못난이 부처는 수많은 다른 돌부처들이 중심을 잡고 서 있을 수 있도록 하기 위해 세워진 주춧돌이었기 때문이었다.

느낌

어느 산악인과 그 팀원들이 세상에서 가장 높은 산을 등정하고자 만반의
준비를 갖추고 여러 사람의 배웅을 받으며 등정 길에 올랐다.

그 산악인은 세계의 높은 산이란 산은 거의 모두 올라보았으며 그와 동
행하는 팀원들도 하나같이 내로라하는 산악인들이었다. 그래서 산악인은
매우 자신에 차 있었다. 무엇보다도 이번 등정은 한 방송국에서 후원하고
등정 전 과정을 다큐멘터리로 제작할 것이기 때문에 어느 때보다도 의욕이
넘쳤다.

그런데 그의 등정은 처음부터 일이 꼬이기 시작하였다. 그와 팀원들이
준비하여 미리 현지로 보낸 장비와 식품 중 일부가 운송 도중 사라진 것이
다. 현지에 도착한 산악인은 백방으로 수소문하여 사라진 물품들을 찾으려
고 노력하였지만 끝내 찾을 수 없었다.

사라진 물품은 적지 않은 양이었다. 그래서 다시 고국에서 물품이 오기

를 기다리든지 아니면 등정 일정을 예정보다 훨씬 앞당겨 마칠 수밖에 없었다. 그러나 고국에서 물품이 오기를 기다리려면 오랜 시간이 소요되기 때문에 산악인은 최소의 인원으로 빠른 시간 내에 등정하기로 결정을 내리고 최소의 팀원들만 데리고 등정에 올랐다.

최소 인원으로 구성된 등반팀은 베이스 캠프를 만들고 서둘러 제2, 제3 캠프를 만들며 산 정상을 향해 강행군을 펼쳤다.

예정보다 강행군을 하며 무리한 탓에 마침내 몇몇 대원이 견디지 못하고 지쳐 쓰러졌다. 결국 산악인과 대원 한 명, 또 그들의 등반 상황을 기록에 담는 카메라 감독은 마지막 캠프를 설치하고 산 정상을 눈앞에 두게 되었다. 그러나 갑작스런 기상 악화로 악천후가 계속되어 세 사람은 마지막 캠프에서 한 발짝도 나아가지 못했다.

며칠 후 기상 상태가 좋아져 세 사람은 산 정상을 향했지만 산은 호락호락하게 그들을 맞아주지 않았다. 세 사람은 산 정상을 바로 눈앞에 두고도 갑자기 나빠진 기상 상황 때문에 다시 마지막 캠프로 돌아와야만 했다.

캠프로 돌아온 세 사람은 밤이 새도록 회의를 하였다. 산악인은 다시 한 번 정상에 도전하자고 하였으나 다른 대원은 그것을 반대하였다.

“처음부터 잘못된 등정이었습니다. 우리가 짐을 잃어버렸을 때 다음 기회를 기약하고 다시 돌아가야 했다고요. 대장님이 욕심을 부려 여기까지 오긴 했지만 저희는 이미 지쳐 있고 식량도 남아 있지 않습니다. 더이상 무리해서 정상에 오르려고 한다면 저희 목숨까지 위험할 판이라고요.”

산악인은 대원의 불평을 듣고만 있었다.

왜냐하면 산악 팀장의 첫 번째 임무는 산 정상을 오르는 데 있는 것이 아니라 대원들의 안정을 챙기는 데 있기 때문이었다.

산악인이 침울한 표정으로 침묵을 지키자 그들을 카메라에 담아온 카메라 감독이 한마디 거들고 나섰다.

"전 지금까지 여러분의 모습을 고스란히 카메라에 담으며 여러분과 같이 행동하였습니다. 그리고 여러분이 극한 상황에서도 최선을 다하는 것을 보아왔습니다. 특히 팀장님은 초인적인 능력을 발휘하여왔습니다. 물론 지금 상황이 좋지 않으나, 이대로 그냥 물러서는 것은 너무 아깝습니다. 마지막으로 한 번만 더 정상으로 향해보고 그래도 안 된다면 그때 돌아가죠?"

카메라 감독의 말에 등정을 반대했던 대원도 자신의 주장을 접고 마지막 도전에 동참하기로 하였다.

다행히 그들의 마지막 도전은 신의 가호가 있었는지 악천후 속에서도 성공할 수 있었다.

어렵게 산 정상에 오른 세 사람은 서로를 부둥켜안은 채 눈물을 흘렸다.

세 사람이 산 정상에 깃발을 꽂고 가벼운 마음으로 하산하는 길에 카메라 감독이 산악인에게 물었다.

"산에 오르는 일은 힘들지만 정상에 오르니 기분이 정말 좋더군요. 팀장님도 이 기분 때문에 매번 힘든 도전을 하시나보죠?"

그러자 산악인은 고개를 내저으며 대답하였다.

"저는 산에 오를 때마다, 힘든 일에 부닥치면 다시는 산에 오르지 않겠다고 다짐하곤 합니다. 하지만 산에서 내려와서는 내가 산을 오르며 최선을 다하지 못했던 것을 후회하게 되지요. 그래서 항상 최선을 다한 등반을 하기 위해 산에 오릅니다. 그런데 이번에도 최선을 다하진 못한 것 같아요."

최선이란 항상 모자란 법이다.

기회라는 이름의 동물

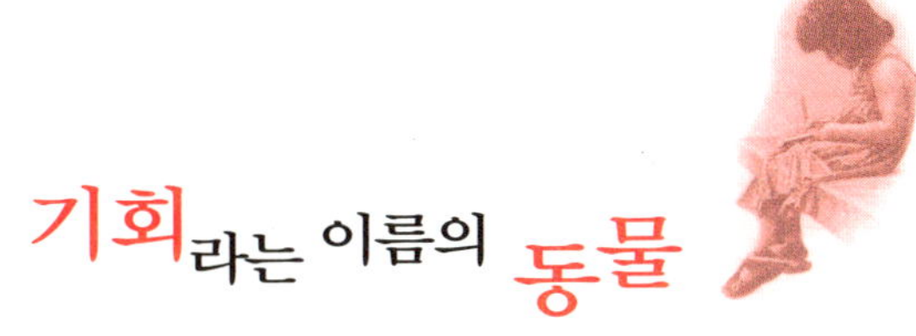

조물주가 여러 피조물의 특성에 맞는 영혼을 만들고 이름을 정해준 후 그에 맞는 몸을 만들어주기 위해 모든 피조물들을 한자리에 불러들였다.

"모두 듣거라, 내가 너희들의 영혼을 만들고 이름을 지어주었다. 이제 너희들이 원하는 육체를 만들어 너희들을 지상에 내려가 살게 할 터이니 너희들이 바라는 바를 말해보거라."

조물주의 자상한 배려에 피조물들은 앞다투어 자신이 가지고 싶은 육체에 관해서 이야기하기 시작하였다.

먼저 생쥐가 나섰다.

"천지의 주인이며 저를 만든 분이여, 저는 생쥐라고 합니다. 저는 천성이 게을러서 여기저기 돌아다니며 먹이감을 찾는 것이 싫습니다. 저는 그저 다른 피조물들이 모아둔 먹이를 조금 나누어 먹을 테니 제게 남의 눈에 잘 안 띄는 작은 몸과 만약 남에게 들켰을 때 빨리 도망갈 수 있도록 빠른 발을 주옵소서."

"그래? 네가 정 그렇게 원한다면 그렇게 해주마. 너에게 작은 몸과 빠른 발을 줄 터이다."

조물주는 생쥐의 청을 들어주었다.

"그러나 한 곳에 오래 머물면서 많은 먹이를 먹으려고 욕심을 부리지 말라고 너에게 남의 눈에 잘 띄는 긴 꼬리도 같이 줄 터이니, 지나치게 욕심 부리지 말고 네 분수를 잊지 말고 살거라."

조물주는 흙을 빚어 생쥐의 모습을 만들어 생쥐를 땅으로 내려보냈다.

생쥐가 지상으로 내려가자 사자가 조물주 앞에 엎드렸다.

"위대한 조물주시여, 저는 앞서 몸을 얻은 생쥐처럼 비굴하게 살기 싫사옵니다. 부디 제게 모든 피조물보다 강한 힘을 주시옵소서."

"그래, 네가 그렇게 간곡히 부탁하니 내가 네 청을 들어주마. 네게는 어떤 피조물보다 강한 이빨과 손톱을 주고 힘센 근육을 주겠다."

사자가 간곡히 부탁하자 조물주는 사자의 청도 들어주었다.

"하지만 힘만 믿고 교만하지 않도록 내게는 풀을 소화하지 못하는 완전치 못한 위를 줄 터이다. 그러니 힘들여 먹이를 사냥하여 그것을 먹고살거라."

조물주는 흙으로 용맹한 사자의 모습을 만들어 지상으로 내려보냈다.

사자가 떠나자 꾀꼬리가 조물주 앞에서 고운 목소리로 노래를 불렀다.

"오호, 목소리가 참으로 곱구나! 그래, 너는 어떤 육체를 가지고 싶으냐?"

꾀꼬리는 조물주에게 고운 목소리로 아뢰었다.

"저는 지상에서 여러 피조물들에게 제 고운 목소리를 들려주고 싶습니다. 그러니 제게 알맞은 육체를 만들어주옵소서."

조물주는 욕심 없는 꾀꼬리의 청이 기특하여 꾀꼬리를 축복하였다.

"욕심 없는 네 마음이 가상하구나. 내 너에게 고운 육체와 세상 이곳저곳을 자유롭게 오갈 수 있는 날개를 줄 테니 항상 고운 노래를 불러 내 피조물들에게 즐거움을 주거라."

조물주는 흙을 빚어 꾀꼬리를 만들고는 지상으로 날려보냈다.

꾀꼬리가 노래를 부르며 날아가자 다음으로 밍크고래가 조물주에게 청했다.

"전 생쥐처럼 숨어다니기도, 사자처럼 사냥감을 쫓아다니기도, 그렇다고 꾀꼬리처럼 노래를 부르기도 싫습니다. 전 단지 남에게 쫓기지 않고 먹고 싶은 것을 마음껏 먹고 싶은데 그런 육체를 가질 수 있을까요?"

밍크고래의 청에 조물주는 한참을 고심한 후 밍크고래의 청을 들어주었다.

"까다로운 청이구나. 그래도 너는 나의 사랑하는 피조물이니 내 너의 청을 들어주겠다. 너에겐 어떤 피조물에게도 쉽게 쫓기지 않을 아주 커다란 몸집과 네가 원하는 작은 먹이들을 많이 먹을 수 있는 큰 입을 주겠다. 하지만 너보다 작은 것을 업신여기지 않도록 내게는 이빨을 주지 않을 터이니 작은 피조물도 소중히 여기며 살거라."

조물주는 많은 양의 흙으로 밍크고래를 만들어 바다에 놓아주었다.

그렇게 모든 피조물들이 다 자신에게 맞는 육체를 가지고 지상에 내려왔고 마지막 남은 피조물이 조물주에게 아뢰었다.

"위대한 조물주시여, 저는 원하는 것이 많습니다. 생쥐처럼 빠른 발도 필요하고 사자처럼 힘센 근육도 필요하고 꾀꼬리처럼 고운 목소리와 날개도 필요하고 밍크고래처럼 커다란 덩치도 필요합니다."

기회라는 피조물의 청에 조물주가 곰곰 생각해보니 그 모습이 곱지 않았다. 그래서 다른 청을 하라 말하였으나 기회는 욕심을 버리지 않았다.

"좋다, 이 녀석아! 네 청을 다 들어주마. 넌 너의 육체 때문에 모든 피조물들의 선망이 될 것이다. 하지만 너의 그 욕심을 경계하고자 너를 맞을 준비가 되지 않은 피조물 앞에서 너는 물거품이 될 것이다."

조물주는 보이지 않는 흙으로 기회를 만들어 지상에 내보냈다.

기회는 생쥐처럼 잘 숨기도 하고, 꾀꼬리처럼 고운 소리를 내기도 하지만 곧 날아가버린다. 그러나 정작 중요한 것은,
기회는 준비되지 않은 사람에게는 절대 잡히지 않는다는 것이다.

벌거벗은 임금님의 반성

어느 나라에 호사를 부리기 좋아하는 임금님이 살고 있었다.

그 임금님은 외모 꾸미기를 무척 좋아하여 좋은 옷이나 좋은 신발 등 자신을 꾸밀 만한 좋은 것을 찾는 데 혈안이 되어 있는 터라 국정을 전혀 돌보지 않아 나라가 위기에 빠질 지경이었다.

나라 사정은 갈수록 나빠져 백성들은 추위와 굶주림에 힘든 삶을 살고 있었지만 임금님은 백성들의 사정을 전혀 몰랐다. 임금님을 대신하여 국정을 집행하는 간신들이 온 백성이 모두 잘 입고 잘 먹고 잘 산다며 거짓을 아뢰었기 때문이다.

그래서 임금님은 자신의 나라가 태평성대를 이루고 있으려니, 굳건히 믿고 있었다.

그러던 어느 날, 한 현자가 임금님을 찾아왔다.

"위대하신 임금님, 제가 아주 귀한 비단 한 필을 구하였습니다. 이 귀한 비단은 어리석은 이들에게는 보이지 않고 현명한 자의 눈에만 보인답니다. 제가 이 귀한 비단으로 임금님께 옷 한 벌을 지어 바치려고 합니다. 부디 허락하여주시옵소서.”

임금님은 귀한 비단으로 옷을 만들어주겠다는 현자의 말에 기쁨을 감추지 못했다.

“그대는 진정한 충신이구려. 어디 그 귀한 비단을 보여주시구려.”

임금님의 허락이 떨어지자 현자는 품에서 무엇인가를 꺼내는 척하며, 아무것도 들고 있지 않은 두 손을 들어보였다.

임금님의 눈에는 아무것도 보이지 않았지만 현자는 마치 두 손으로 비단을 들고 있는 것처럼 행동하였다.

그때 뒤에 서 있던 한 간신배가 소리쳤다.

“오! 놀랍구나. 세상에, 저리 고운 비단이 있을 수 있을까? 필시 저 비단은 신들이 옷을 만들어 입는 비단이 분명하구나.”

그러자 여기저기서 간신들이 보이지도 않는 비단에 대하여 감탄을 하기 시작하였다.

그러나 임금님의 눈에는 그 비단이 보이지 않았다. 그러나 임금님은 그 비단이 보이지 않는다고 하면 자신이 어리석은 임금이 될까봐 짐짓 큰 소리로 다른 간신들처럼 감탄사를 연발하였다.

“대단하다, 대단해! 짐은 이제껏 세상의 이름난 비단을 모두 보았지만 이 비단에 비하면 그것들은 걸레에 불과하였구나. 그대는 들으시오. 그대는 서둘러 그 귀한 비단으로 짐에게 옷을 만들어주시오.”

임금님의 명령을 받은 현자는 그날부터 보이지 않는 비단으로 옷을 만들기 시작하였다.

임금님은 매일 현자를 찾아가 옷 만드는 모습을 지켜보곤 했지만 현자가 옷을 만드는 흉내만 볼 수 있을 뿐 여전히 그 귀한 비단은 볼 수가 없었다.

그렇게 며칠이 지나자 보이지 않는 비단으로 만든 옷이 완성되었고, 임금님은 그 옷을 입고 백성들에게 그 귀한 옷을 자랑하기로 하였다.

백성들에게 귀한 옷을 자랑하기로 한 날이 다가오자 임금님은 점점 불안해졌다. 며칠을 고민하던 임금님은 남몰래 현자를 찾아갔다.

"그동안 귀한 옷을 만드느라 수고하였소. 그런데 내가 나이를 먹다보니 눈이 나빠져 그 귀한 비단이 보였다 안 보였다 하니 어쩌면 좋겠소?"

임금님은 자신이 비단을 볼 수 없다는 사실을 끝내 말하지 않은 채 현자에게 물었다.

"지혜로우신 임금님, 아무리 현명한 사람들도 눈이 나빠지면 귀한 비단을 볼 수 없답니다. 그러나 방법이 있으니 너무 걱정하지 마십시오. 궁궐 십 리 밖에 신비한 우물이 있습니다. 그 우물에 눈을 씻고 나면 이 귀한 옷을 잘 보실 수 있게 될 것입니다."

현자의 말에 임금님은 당장 수행원 한 명만을 데리고 궁궐 십 리 밖 우물을 찾아갔다.

그런데 우물이 있는 곳은 가난한 백성들이 모여 사는 빈민촌이었다.

임금님이 우물에 눈을 씻고 돌아오는데 한 노파가 누더기를 걸치고 추위에 떠는 모습이 보였다.

그 모습을 본 임금님은 매우 놀랐다.

"아니, 내 백성 중에 저리 헐벗은 자가 있었던가?"

임금님은 자신이 입고 있던 망토를 벗어 노파에게 입혀주었다.

망토를 벗어준 임금님이 서둘러 궁궐로 돌아가는데 병색이 완연한 어린 아이가 아파하는 모습이 눈에 들어왔다.

"아니, 내 백성 중에 저리 아파하는 이가 있었던가?"

임금님은 자신의 저고리를 벗어 아이에게 주었다.

그렇게 임금님은 궁궐로 돌아오면서 만나는 백성들에게 하나씩, 하나씩 자신의 옷을 벗어주었다.

그리고 끝내 임금님은 벌거벗은 몸이 되었다.

벌거벗은 몸으로 궁궐로 돌아오는 임금님의 모습에 마중 나온 신하들과 백성들은 웃음이 나왔지만, 그 누구도 감히 웃을 수 없었다.

그때 철없는 꼬마아이가 박장대소를 하며 임금님을 놀렸다.

"임금님은 벌거숭이! 임금님은 벌거숭이!"

꼬마가 임금님을 놀리자 옆에 서 있던 현자가 아이를 꾸짖으며 말했다.

"이 어리석은 녀석아, 네 눈에는 지금 임금님이 입고 계신 저 귀한 옷이 안 보이더냐?"

인격만큼 훌륭한
  성장도 없을 터……

소설가와 걸인

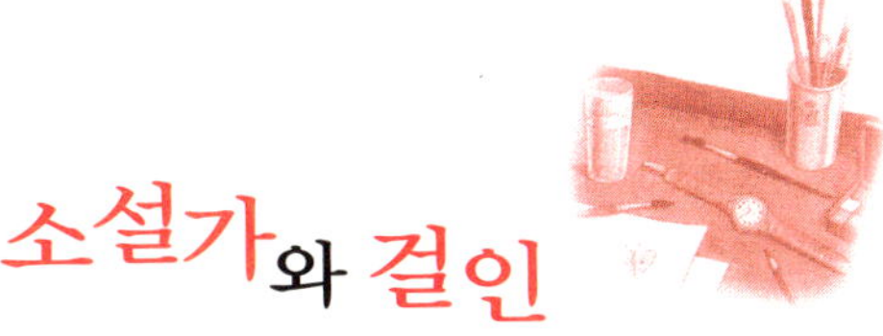

　S는 저명한 소설가이다. 그는 몇 권의 베스트셀러를 저술했을 뿐더러 수상 경력도 화려했다.

　어느 날 S는 스트레스와 과로로 펜을 든 채 쓰러지고 말았다. 재빨리 병원으로 옮겨진 S는 다행히 목숨은 건졌지만 주치의로부터 더이상 과로는 금물이니 한적한 곳에서 요양을 하라는 명령을 받았다.

　퇴원한 S는 그 길로 도시 생활을 접고 친구로부터 소개받은 한 산골에 작은 집을 얻어 그곳에서의 생활을 시작하였다.

　S가 요양하는 산골은 매우 후미진 곳으로, 찾는 이가 드문데다 거주하는 사람들도 별로 없었다. 그러나 그런 한적한 산골이 지친 심신을 회복하기에는 최적의 장소였다.

　S는 도시에서의 바쁜 생활과는 달리 늦잠도 자고, 그동안 서재에 묵혀두었던 해 지난 책을 읽고, 음악을 들으며 한가로이 산책도 하면서 짧은 산골

의 하루를 느긋하게 즐겼다.

어느 날 해가 중천에 뜰 때까지 늦잠을 자고 일어난 S는 늦은 끼니를 챙겨먹고는 여느 날처럼 느린 걸음으로 천천히 산책을 하고 있었다.

산골 마을 사람들은 가을걷이를 하느라 분주하게 움직였고, 소쩍새가 노송에 앉아 고운 소리로 노동요를 부르며 바쁜 일꾼들을 재촉하였다.

그러한 풍경 속을 거닐며 호흡하는 것이 S에게는 달콤한 자극이고 뒤늦게 얻은 기쁨이었다.

S가 꿈에 취한 듯 한가로이 산수화 속을 거닐 때, 농가가 모여 있는 곳에서 작은 소동이 있었다.

바늘 떨어지는 소리도 들릴 만큼 조용한 산간 마을에서 일어난 뜻밖의 소동에 S는 호기심이 발동하여 발길을 돌려 농가가 있는 곳으로 잦은걸음을 걸었다.

S의 걸음이 다다른 곳에서는, 땟물로 윤이 반질반질 나는 허름한 군복차림의 한 걸인이 양푼에 찬밥과 신김치를 그득 받아든 채 꼽추 춤을 추며 멋들어지게 육자배기 한 소절을 부르고 있었다.

S는 동네 사람들과 함께 오랜만에 보는 풍경을 넋놓고 바라보았다.

한바탕 신나게 소리를 한 걸인은 옆에 서 있던 딸처럼 보이는 아이의 손을 잡고 양푼을 품에 곱게 안은 채 조용히 마을을 떠났다.

그 후 한동안 S는 그 걸인의 꼽추 춤도, 멋들어진 육자배기도 들을 수 없었다.

가을이 깊어가고 산골 동물들이 겨울을 날 채비에 정신없던 어느 밤, S가 늦은 시간까지 누워 책을 읽고 있는데 그가 사는 집 앞에서 인기척이 났다.

S가 나가보니 걸인이 누런 이를 드러내며 함지박만 하게 웃으며 빈 양푼

을 S에게 내밀었다.

걸인의 늦은 방문이 썩 달갑지만은 않았지만 S는 얼른 주머니를 뒤져 지폐 몇 장을 걸인이 내민 양푼에 담아주었다.

그런데 고마움도 모르는 듯, 걸인은 양푼에 담긴 지폐 몇 장을 바닥에 버리고는 인사도 없이 발길을 돌려 다른 인가로 향하는 것이었다.

S는 걸인의 행동에 기분이 상해 떨어진 지폐를 주워 다시 주머니에 넣고는 걸인의 다음 행선지도 확인하지 않은 채 집으로 들어와버렸다.

그렇게 걸인과의 두 번째 인연은 S에게 불쾌한 기억으로 남게 되었다.

그 후 한동안 걸인의 모습이 보이지 않았다.

풍성한 가을도 지나고, 끼니거리도 되지 않는 찹쌀 가루 같은 흰눈이 작은 산골 마을을 소담하게 뒤덮은 겨울밤, S는 시원한 동치미 국물에 찐 감자와 고구마를 까먹고 있었다.

그때 창 밖에서 낯익은 인기척이 들려왔다. S는 먹던 감자를 소반에 얹어두고 얼른 나가 문을 열어보았다. 야위고 꺼칠해진 걸인이 누런 황금 이를 드러내며 S 앞에 양푼을 내밀었다.

걸인은 가을에 입고 있던 그 누더기를 그대로 입고 있었고, 걸인의 바지 가랑이를 잡은 여자아이는 어디서 주웠는지 찢어진 점퍼를 걸치고 있었다.

초라한 행색의 걸인 부녀를 본 S는 코끝이 찡해졌다.

그는 서둘러 방 안으로 들어가 자신이 먹던 고구마와 감자를 가져다가 걸인의 양푼에 그득 채워주었다. 그러자 걸인은 예전과는 달리 꾸벅 허리를 굽히고는 여자아이를 앞세워 겨울 밤길을 헤치고 걸어갔다.

멀어져가는 부녀의 뒷모습을 지켜보던 S는 서둘러 부녀를 쫓아가 그들을 불러세웠다.

“여보시오, 잠깐만 기다리시오.”

걸인 부녀는 걸음을 멈추고 뒤돌아서서 S를 쳐다보았다.

S는 부녀를 불러세워놓고는 왜 자신이 그들을 불렀는지 잠시 생각하다가 적당한 핑곗거리를 찾아내었다.

“제가 지금 긴 겨울밤이 적적하여 혼자 약주 한잔 하려고 하는데 바쁘지 않으면 저와 같이 술 한잔 하시겠소?”

걸인은 대답 대신 고개만 끄떡이고는 여자아이의 손을 잡고 S의 집으로 들어갔다.

걸인 부녀가 방 안에서 몸을 녹이는 동안 S는 손수 안주를 장만하여 걸인과 마주앉았다.

두 사람은 아무 말 없이 자신의 앞에 놓인 잔만 비웠고, 그 사이 여자아이는 걸인 곁에서 잠들어버렸다.

몇 순배 술잔이 돌자 S가 두 번째 인연을 떠올리고는 걸인에게 물었다.

“전에 내가 돈을 주었을 때는 왜 받지 않았소? 돈이 적어서 안 받았소?”

S의 물음에 걸인은 자신의 철학을 들려주었다.

“구걸하는 데에도 지켜야 할 것이 있습니다. 구걸이란 남이 주는 것을 무조건 덥석 받는 것이 아니라, 그 사람이 주고 싶어하는 것만 받는 것이지요. 그래야만 적선하는 사람이 덕을 쌓고 저승에 가서 복을 받거든요.”

동정과
사랑은 비슷한 감정 같지만 전혀 다른 별개의 것이다

어떤 탕아의 효도

한 작고 가녀린 여인이 있었다.

그녀는 몸이 허약한 한 남성과 사랑에 빠져 그와 결혼하고 다이아몬드보다 더 귀한 아들 하나를 얻어 단꿈처럼 행복한 삶을 살고 있었다.

그러나 꿈같이 달콤한 행복은 그리 오래 가지 않았다. 적은 돈이지만 열심히 일하여 그녀와 아들을 부양하던 남편이 그만 깊은 병이 들어 앓아누운 것이다.

남편이 앓아눕자 여인은 돈을 벌기 위해 어린 아들과 병든 남편을 두고 새벽부터 시장으로 나가야만 했다.

가녀린 여인은 돈을 벌기 위해 시장에서 할 수 있는 일이라면, 남의 짐을 날라주는 것부터 물건을 다듬어주는 일, 또 장사까지 무슨 일이든 다 할 수밖에 없었다. 그러나 그녀가 벌어온 돈으로 병든 남편의 약값을 충당하고 나면 세 식구는 끼니를 때우기도 힘이 들었다.

그럴수록 그녀는 더욱 일찍부터 더욱 늦게까지 닥치는 대로 일에 매달려야 했다.

어느 날 그녀가 밤늦게 일을 마치고 집에 돌아와보니, 아들이 동네 아이들과 싸워 온몸이 상처투성이가 된 채 엄마를 찾다 잠이 들어 있었다.

그 모습에 여인은 가슴이 미어져 어찌할 바를 몰랐다.

하지만 자신이 우는 모습을 보이면 병든 남편이 미안해할까봐 잠든 아이의 상처를 대충 치료해주고는 잠자리에 누워 새벽까지 베개가 흠씬 젖도록 소리 없이 울다 잠이 들었다.

그날 이후 그녀는 더욱 모질게 마음을 먹고 돈을 벌었고, 그럴수록 아이는 엄마의 사랑을 제대로 받아보지 못하고 혼자 자라야만 했다.

그렇게 몇 해가 흘러 병든 남편이 그만 세상을 등지게 되었다. 남편마저 잃은 여인은 아들만은 훌륭하게 키우겠다는 생각으로 열심히 돈을 벌었다.

그런데 부모의 보살핌 없이 자란 아들은 나쁜 친구들과 어울리게 되었고, 성장해서는 갖은 나쁜 짓을 하기 시작했다.

아들이 나쁜 짓을 한 대가로 옥살이를 하게 되자 어머니는 그것이 모두 자신 때문이라는 생각에 그동안 벌어둔 돈을 들고 거의 매일 아들을 만나러 교도소로 찾아갔고, 아들이 출옥을 하면 또다시 돈을 벌러 뛰어다녔다.

그렇게 아들이 수없이 교도소를 들락날락하는 동안 어느새 그녀도 늙어버렸고 큰 병까지 얻게 되었다.

어머니가 큰 병이 들자 나쁜 짓만 일삼던 아들도 그제야 정신을 차리고 새 삶을 찾으려 하였다.

아들은 병든 어머니를 봉양하기 위해 하루 종일 힘들게 일해서 번 돈으로 어머니가 드실 맛있는 것을 사서 집으로 돌아왔지만 어머니는 아들이

사온 것은 먹지도 않고 투정만 부렸다.

"어머니, 좋아하시는 순대를 사왔는데 왜 안 드세요?"

아들은 순대를 사오라고 하신 어머니의 말씀에 따라 순대를 사왔지만 어머니가 드시지 않자 속이 상해 물었다.

"이런 불효 막심한 놈아! 내가 언제 순대 먹고 싶다고 했니, 고기 먹고 싶다고 했지? 너 혼자 다 처먹어라."

어머니의 타박에 아들은 불쑥 서운한 마음이 들었다.

"내가 누구 때문에 힘들게 일하는데……. 드시기 싫으면 관두세요. 저 혼자 다 먹을 테니."

아들은 자신이 사온 순대를 정말 혼자 다 먹어버렸다.

그러나 다음날 아들은 전날의 일이 마음에 걸려 어머니가 먹고 싶다던 고기를 사들고 가 정성껏 구워 어머니께 드렸다.

"이 불효 막심한 놈아! 내가 언제 돼지고기 먹고 싶다고 했냐? 쇠고기 먹고 싶다고 했지!"

어머니가 이번에도 투정을 부리며 욕을 하자 아들은 자신의 마음을 몰라주는 어머니가 원망스러웠다.

"어머니, 해도해도 정말 너무하시는군요. 제가 이렇게 어렵게 사는 게 누구 때문인데요? 다 어릴 때 어머니가 절 제대로 보살펴주지 않았기 때문입니다. 그래도 이제 정신 차리고 잘 살아보려고 노력하는데 이렇게 사사건건 절 힘들게 하시면 어떻게 합니까? 먹기 싫으면 관두세요. 저 혼자 다 먹을 겁니다. 그리고 앞으로는 더이상 맛있는 거 사오지 않을 테니, 그렇게 아세요."

아들은 서운한 마음에 돼지고기를 술안주 삼아 한 점도 남기지 않고 다

먹어버렸다.

술을 먹고 쓰러져 잠이 든 아들에게 어머니는 이불을 덮어준 뒤 천천히 아들의 머리를 쓰다듬어주었다.

"아가, 내가 어떻게 네가 피땀 흘려 번 돈으로 사온 귀한 음식을 입에 넣겠니? 내 걱정은 말고 너나 많이 먹고 건강해야 한다."

어머니, 당신의 사랑은
그 어떤 것보다도 위대합니다.

힘든 이들을 위한 공연

한 어머니가 있었다. 그 어머니에게는 날 때부터 선천적으로 장애를 가지고 태어난 아들 하나가 있었다.

모든 어머니가 그러하듯 그 어머니도 여러 자식 중에서 유독 모자란 그 아들에게 손과 눈길을 많이 주었다. 아들이 어려서는 아들을 늘 품에 두고 무슨 일이 일어날까 걱정하였고, 커서는 아들이 남들에게 뒤질까봐 열심히 아들의 뒷바라지를 하였다.

덕분에 아들은 무럭무럭 자라 이제는 제 힘으로 학교도 다니고 다른 아이들과도 잘 어울리는 쾌활한 성격의 아이로 자랄 수 있었다.

어머니는 아들이 건강하게 자란 것이 고마웠지만 아들이 좀더 자라 사회로 나가게 되면 아들의 불편한 몸 때문에 사회에서 냉대를 당할 것이 두려웠다.

어머니는 자신의 아들처럼 몸이 불편한 아이들이 자라서도 사회의 냉대를 받지 않고 살 수 있는 사회를 만들고 싶었다. 그래서 어머니는 불편한 몸을 가진 자식들을 둔 어머니들과 어울려 많은 일들을 하기 시작하였다.

몸이 힘든 이들이 차별당하는 일이 있으면 나서서 그것을 수정하게 하였고, 잘못된 법이 있으면 그것을 고치려고 어디든 쫓아다녔다.

그렇게 많은 일을 하던 어머니는 몸이 불편한 이들이 쉽게 공연을 보지 못하는 것이 아쉬워 그들에게 공연을 보여주기 위해 백방으로 돌아다니며 수소문했다. 그리고 마침내 한 단체의 도움으로 몸이 불편한 사람들만을 위한 공연을 준비할 수 있었다.

"엄마, 철수랑 같이 가면 안 돼?"

아들은 좋은 공연을 보러 간다는 생각에 들떠 있었지만 그 좋은 공연을 자신의 단짝 친구와 같이 보고 싶어 엄마에게 물었다.

"안 돼요, 그 공연은 너처럼 몸이 불편한 사람들만 보는 거야. 그리고 철수는 언제라도 볼 수 있지만 넌 그렇지 못하잖니?"

어머니의 설명에 아들은 고개를 끄떡였다.

"엄마, 그럼 다리 다쳐서 꼼짝 못하는 현정이하고 같이 가면 안 돼? 현정이도 몸이 불편하잖아."

아들은 얼마 전에 교통 사고로 다리를 다쳐 집에서만 지내는 동네 친구와 같이 가고픈 생각에 엄마에게 다시 물었다.

"현정이는 교통 사고를 당해 잠시 몸이 불편한 거잖니? 다리가 다 낳으면 현정이도 공연은 얼마든지 볼 수 있을 거야."

엄마의 자세한 설명에 아들은 고개를 끄떡였다.

"엄마, 그럼…… 인수랑 같이 가면 안 돼? 인수는 집이 가난해서 그런 것 구경 못 해봤다는데."

아들의 똑같은 질문에 어머니는 짜증이 치밀어 아들을 꾸짖었다.

"넌 어쩜 그렇게 엄마 말을 못 알아듣니? 인수는 건강하니까 언제든 구경할 수 있을 거야. 이번 공연은 엄마가 너처럼 몸이 불편한 사람들만을 위해서 어렵게 준비한 공연이란 말이야. 그러니 너희 친구는 아무도 그곳에 데려갈 수 없어. 이제 엄마 말 알아듣겠니?"

그러자 아들은 고개를 끄떡이더니 우울한 표정으로 다시 물었다.

"엄마, 그럼…… 난 평생 나처럼 몸이 불편한 사람들하고만 공연을 봐야 돼?"

가장 **이상**적인 **사회**는 모든 사람이 **차별 없이** 같이 사는 사회가 아닐까?

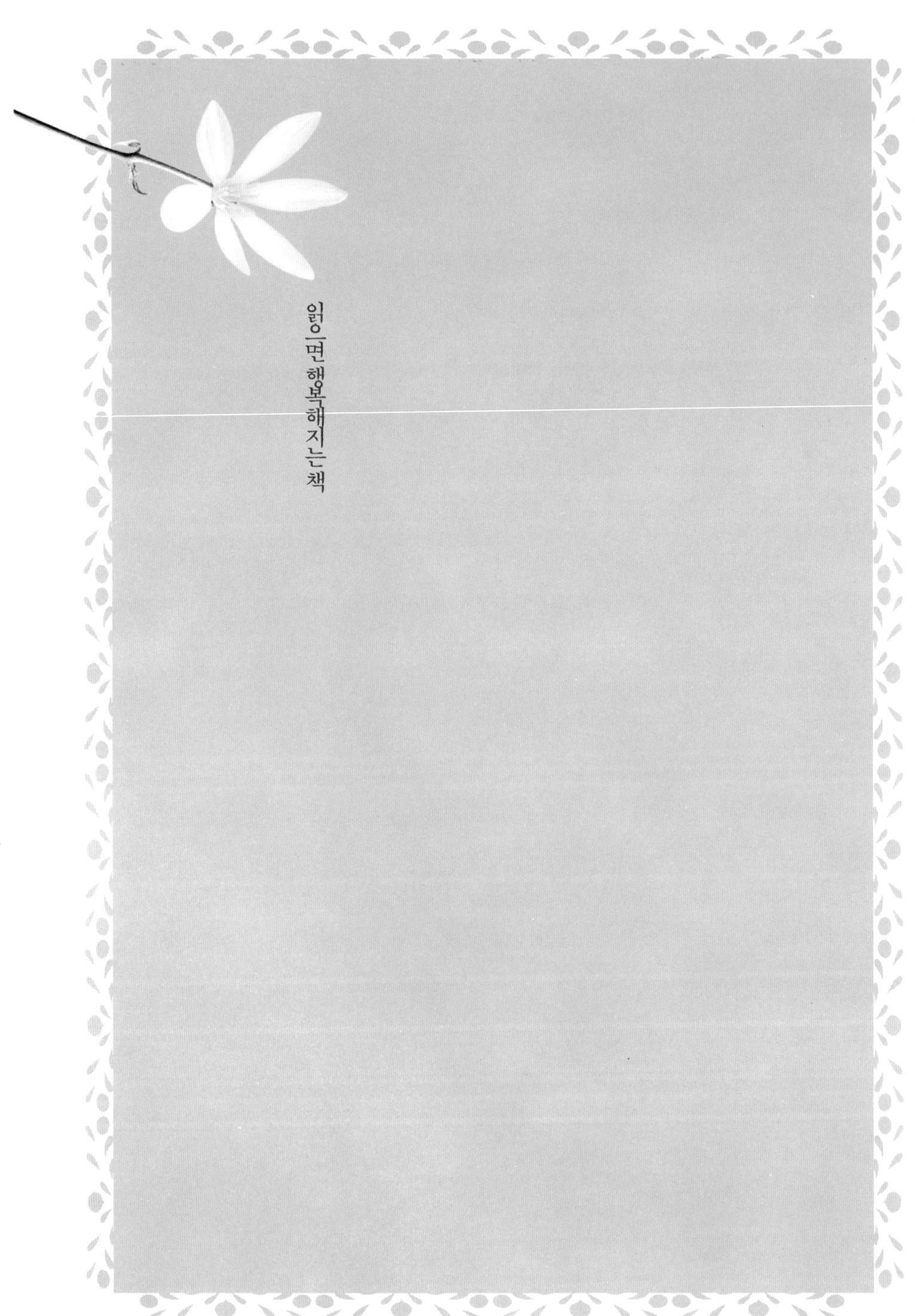

읽으면 행복해지는 책

머리_로 느끼기

수문 없는 댐

작은 강을 끼고 사는 작은 마을이 있었다. 이 작은 마을 사람들은 작은 강에서 고기를 잡고, 그 강물로 가축을 기르며, 식수도 얻을 수 있었기에 작은 강의 소중함을 잘 알고 있었다.

그런데 이 작은 강이 항상 고맙기만 한 것은 아니었다.

여름이 찾아오고 장마가 질 때면 작은 강은 어김없이 범람하여 강 주위에 있는 집이며 축사며 농작물을 쓸어가는 것이었다.

어느 해 여름, 며칠 간의 폭우로 결국 작은 강이 범람하여 마을의 절반이 쓸려 내려갔다. 작은 마을이 생기고 난 후 가장 큰 수해였기에 마을 사람 모두는 그만 얼이 빠져버렸다.

폭우가 멈춘 날, 마을 사람들이 공터에 모여 대처 방법을 의논하였다.

수해로 모든 것을 잃은 마을 사람들은 통곡을 하고 울부짖기도 했으며, 수해에 미리 대처 못한 사람들을 서로 원망도 하였다.

그 모습을 지켜보던 늙은 장로는 침울한 표정으로 마을 사람들을 위로하고 조심스럽게 이야기를 꺼냈다.

"올해는 유독 피해가 컸다 뿐이지 우리 마을을 지나는 강이 범람한 것은 해마다 있던 일이었소. 이제 근본적인 대책을 마련하여 더이상은 강의 범람으로 인한 피해를 입지 않도록 해야 할 때가 온 것 같소. 대안을 가지고 있는 분들은 의견을 들려주시오."

그러나 마을 사람들 중 누구도 마땅한 대안을 내놓지 못하였다.

그때 마을에서 가장 나이가 많은 어른이 카랑카랑한 목소리로 의견을 하나 제시했다.

"나는 이곳에서 태어나 지금까지 백 년 가까이 이곳에서 살았소. 그런데 내 평생 저 강이 범람하지 않고 지나간 해는 단 한 해도 없었다오. 그래서 생각한 것인데……."

마을 사람들은 숨을 죽인 채 마을 어른의 이야기에 귀를 기울였다.

"댐을 만들면 어떨까 싶소! 마을 입구에 있는 저 산기슭에 댐을 만드는 것이지. 저 위에서부터 내려오는 강물은 굉장히 많으니 저 작은 강의 물이 아니라 중간 중간에 있는 지류의 강물만으로도 우린 충분히 살 수 있을 것이오."

하지만 마을 사람들은 시큰둥한 반응을 보였다. 그런데 장로는 노인의 편을 들어주었다.

"어르신, 옳은 말씀입니다. 산기슭을 막아 댐을 만들어두면 장마가 들어도 강물이 넘치는 일은 절대 없을 것입니다. 여러분, 물난리를 피하기 위해 모두 힘을 합쳐 저 산기슭의 수로를 막아 댐을 만듭시다."

장로가 나서서 그렇게 말하자 마을 사람들은 그제야 노인의 말에 찬성하였다.

그날 이후 마을 사람 모두는 힘을 합쳐 마을 앞 산기슭의 수로를 막는 공사를 시작하였다.

몇 개월의 대공사 후 산기슭은 완전히 막혀버렸고 그곳에서 흐르는 강물은 마을 앞 강으로 흐르지 않게 되었다.

산기슭에서 흘러들어오던 물이 막히자 강은 그 흐름이 점차 느려지더니 조금 시간이 흐른 뒤에는 개천처럼 변해버렸다.

하지만 마을 사람들은 그것을 별 생각 없이 두고만 있었다.

그런데 문제가 생겼다. 개천처럼 졸졸 흐르던 강물이 마을 사람이 버린 오물과 가축들의 오물 때문에 점점 썩기 시작한 것이다.

이제 강물은 사람이 마실 수 없을 뿐더러 가축들도 먹일 수 없었으며 그 물로는 농작물도 키울 수 없었다. 게다가 강물이 썩는 악취 때문에 머리가 아파왔고 오염된 강물 때문에 전염병이 나돌았다.

그러자 마을 사람들이 또다시 마을 앞 공터에 모여 회의를 열었다.

"마을이 이 지경이 된 것은 장로님과 어르신 때문이에요."

"두 분은 이 일을 책임지세요!"

화가 난 마을 사람들이 장로와 노인을 비난하자 두 사람은 고개를 숙인 채 아무 말도 하지 못했다.

그때 한 젊은 사람이 일어나 마을 사람을 선동하였다.

"여러분, 내 말 좀 들어보시오. 한 해에 한 번은 강물의 피해를 입었지만 우리 마을은 그런대로 살 수 있는 마을이었소. 그런데 장로님의 의견에 따라 산기슭을 막은 후론 더이상 살 수 없는 마을이 되었소. 이제 우리 힘을 합쳐 산기슭을 막은 댐을 부숴버립시다."

마을 사람들은 젊은 사람의 의견을 좇아 모두 곡괭이와 삽을 들고 산기
슭에 있는 댐을 부수려고 우르르 몰려갔다.

그런데 마을 사람들이 산기슭의 댐을 부수자마자 그동안 댐에 갇혀 있던
엄청난 양의 물이 한꺼번에 마을로 흘러들어 그 작은 마을은 흔적도 없이
사라져버렸다.

보수와 진보를 나누고 서로를 멀리하는
일은 수문 없는 댐을 만드는 일과 같다.

신이 노한 이유

　신이 천지를 만들고, 세상 천지 이곳 저곳을 둘러보았다. 신은 자신이 만든 세상에서 피조물들이 행복해하는 모습을 보고 매우 흡족해하였다.

　특히 지구라는 파랗고 작은 별을 아끼고 사랑하여, 그곳에 사는 인간이란 피조물을 애지중지하였다. 어느 날 신은, 자신이 만든 우주 여러 곳을 지켜보다 지구의 모습이 궁금하여 허리를 굽혀 지구를 내려다보았다.

　얼마 전까지만 해도 동물의 가죽과 나뭇잎으로 겨우 앞가림만 하던 인간들이 어느새 근사한 건물을 짓고 효율적인 탈것을 타며 웅장한 성전을 지어 그곳에서 노래하고 춤추며 신을 경배하는 모습을 보고 신은 인간을 갸륵하게 여겼다.

　"내가 인간을 만들 때 비록 사자보다는 힘이 세지 않고, 치타보다는 빠르지 않고, 물고기처럼 헤엄치지도 못하고, 새처럼 날지도 못하는 나약한 육체를 주었지만 대신 그들에게 사자와 치타와 물고기와 새들을 다스릴 수

있는 지혜와 능력을 주었는데 과연 인간들은 내 뜻에 잘 따라주었구나.”

신은 매우 흡족하였다. 신은 천사장을 불러 명하였다.

“내가 얼마 전 지구에 인간이라는 나약한 존재를 만들어두고 혹시 잘못되기라도 할까 많이 걱정하였는데 다행히 인간들이 내 뜻에 따라 지구를 잘 돌보고 또한 나를 경배하는 것을 잊지 않고 있구나. 그래서 내가 친히 지구에 내려가 인간들을 격려하고 큰상을 내리려고 한다. 그대도 나를 따라 지구로 내려가자.”

신과 천사장은 지구의 어떤 대도시에 인간의 모습으로 내려갔다.

“저 높은 건물을 보거라. 하늘을 나는 새들도 저리 높이는 못 올라갈 것이다. 과연 인간은 내 생각처럼 현명하구나.”

신이 기쁜 마음으로 말하였으나 천사장은 말없이 고개만 끄떡였다.

“저 빠른 탈것을 보거라. 아무리 빠른 치타라도 저 탈것처럼 빠르진 못하겠구나. 과연 인간은 내 생각대로 무척 현명하구나.”

신은 연신 인간의 발전에 기쁨을 감추지 못하였지만 천사장은 계속 고개만 끄떡일 뿐이었다.

“저 웅장한 성전을 보거라. 저 웅장한 성전에서 끊임없이 노래하고 춤추며 나를 경배하는 것을 잊지 않고 있으니 과연 인간은 내 생각처럼 아주 현명하구나.”

천사장은 여전히 아무 말 없이 고개만 끄떡였다.

“천사장은 듣거라. 인간은 내 뜻이로다. 그래서 나는 인간에게 불로불사의 능력과 더불어 다른 능력을 더하여 줄 터이니 네가 알아서 준비하거라.”

말을 마친 신은 서둘러 천상으로 오르려 하였다. 그러나 천사장은 신의 뜻을 따르지 않고 신 앞에 엎드려 청하였다.

"천지창조하신 이여, 만물의 주인이시여, 지금 내리신 명령은 부당하옵니다. 제발 거두어주십시오!"

천사장의 청에 신은 의아해하며 천사장에게 물었다.

"너도 보지 않았느냐. 인간이 내 뜻에 옳게 따라주었기에 상을 내리려 하는데 그대는 왜 그것이 옳지 못하다 하는 게냐?"

"만물의 근원이시여, 저는 인간 세상에 내려와 자주 그들이 하는 짓을 보고 있었습니다. 그런데 인간은 상을 받을 만큼 현명하지 않았습니다."

천사장의 말에 신이 다시 물었다.

"아니, 어떠한 점이 네 마음에 안 들었더냐?"

천사장은 대답 대신 신을 모시고 도시의 한 곳을 찾아갔다.

그곳에서는 두 무리의 사람들이 다투고 있었다.

한 무리는 거대한 매머드처럼 생긴 투박한 기계를 앞세운 채 금방이라도 모든 것을 집어삼킬 것처럼 기세 등등하였고, 다른 한 무리는 서로 서로 팔짱을 끼어 인간 띠를 만들고는 매머드 앞을 막은 채 서 있었다.

매머드 무리의 우두머리가 매머드 머리 위로 올라가 일장 연설을 하였다.

"비키시오. 당신들이 하는 짓은 불법이오! 자꾸 이러면 당신들 모두를 연행할 수밖에 없소."

매머드 무리의 우두머리가 늘어놓는 으름장에 인간 띠 중간에 있던 다른 우두머리가 그 말을 받아 큰 소리로 꾸짖었다.

"어느 것이 불법이란 말이오? 우리가 하는 일은 우리 모두를 위한 일이오. 그런데 당신들은 일부 사람들을 위해 모두를 희생시키려 하니 당신들이 불법이 아니겠소."

옥신각신하는 두 무리의 모습에 의아해진 신이 천사장에게 물었다.

"아니, 저들은 왜 저리 다투느냐?"

천사장은 침울한 얼굴로 대답하였다.

"매머드같이 생긴 탈것을 앞세운 무리들은 저기 보이는 저 숲을 허물고 건물을 지으려는 자들이고, 저기 모여 띠를 만든 이들은 그들을 막으려는 자들입니다."

신은 자상한 미소를 지으며 말했다.

"그런 일이 있었구나. 내가 가서 저들을 화해시켜야겠다. 그런데 무슨 건물을 짓는다고 저 아름다운 숲을 없애려 하는고?"

신의 물음에 천사장은 잠시 머뭇거리다가 슬픈 목소리로 대답하였다.

"저 숲을 허물고 건물을 지어 인간들이 만든 창조물들을 전시한다고 합니다."

그 말에 신은 노여움에 휩싸였다.

"뭐라고? 하잘것없는 인간의 창조물을 전시하려고 나의 창조물을 파괴한단 말이냐? 내가, 네가 아니었다면 커다란 잘못을 저지를 뻔했구나. 저 오만방자한 인간들에게 상을 내리려 했다니!"

신은 오만방자한 인간들의 모습에 크게 실망하여 인간을 등뒤로 한 채 천상으로 서둘러 돌아갔다.

"불쌍한 것들! 내가 저희들을 아끼어 지혜를 주었더니 그것으로 인해 자멸의 길로 접어들 줄이야."

신은 그날 이후 큰 시름에 잠겼다.

잃음과 얻음의 묘미

어느 나라에 왕의 대를 이을 왕자가 있었다.

그러나 이 왕자가 순조롭게 왕위를 계승하는 데는 문제가 있었다. 그 나라에 현자가 한 명 있었는데 왕이 그를 총애하고 또한 다른 중신들이 그를 믿고 따르기 때문이었다.

사람들은 공공연히 말하진 않았지만 왕자보다 현자가 뒤를 이어 새로운 왕이 되길 바랐다.

어느 날 왕이 죽고 새로운 왕을 뽑아야 할 때가 되었다.

새로운 왕의 선출을 앞두고 왕자는 깊은 시름에 잠겼다.

'내가 아무 일도 안 하고 가만히 있는다면 왕위는 현자에게 돌아갈 것이다. 그렇다고 내가 계승권을 앞세워 억지로 왕이 된다면 중신들이 날 따르지 않을 것이니 내가 왕이 된다 해도 힘들 지경이구나.'

밤을 새워 고심하던 왕자는 새벽녘에야 용단을 내렸다.

아침이 되자 왕자는 현자와 중신들을 불러 중대한 발표를 하였다.

"중신들은 잘 들으세요. 선왕께서 서거하신 지 며칠이 지났으니 이젠 새로운 왕을 뽑아야 합니다. 지금까지의 전례를 보아선 제가 새로운 왕이 되어야 하지만 저는 왕이 될 만한 재능과 덕을 지니지 않았습니다. 그래서 저는 여기 계신 현자를 새로운 왕으로 모시려고 합니다. 그러니 중신들은 그리 알고 새로운 왕을 모실 준비를 해주세요."

왕자가 선뜻 왕위를 현자에게 주려고 하자 중신들은 크게 놀랐다.

현자 또한 왕자의 제안에 놀라워했지만 그는 곰곰이 왕자의 심중을 헤아려보기 시작했다.

'내가 선왕과 중신들의 신임을 얻은 이유는 그들이 나의 사람됨을 알아주었기 때문이다. 그런데 내가 왕자의 뜻대로 왕위를 받는다면 선왕의 사랑을 받은 사람으로서 그 아들의 자리를 탐내는 사람에 지나지 않을 것이다. 그렇게 된다면 나는 왕위도 못 얻을 것이요, 그리고 내가 그동안 쌓아왔던 덕망 또한 잃을 것이다. 내가 왕자의 뜻에 동의한다면 난 모든 것을 잃고 만다.'

왕자의 깊은 뜻을 읽은 현자는 극구 왕위를 거절하였다.

그러나 왕자 또한 자신의 주장을 굽히지 않고 현자에게 왕위를 넘겨주려 하였다.

현자는 한 가지 꾀를 내었다.

"현명하신 왕자님, 제 이야기를 들어주십시오. 왕위는 나라에서 가장 현명한 사람이 받아야 합니다. 옛말에 현명한 사람은 치아가 많다고 합니다. 그러니 떡을 물어 잇자국이 가장 많은 사람을 왕으로 모시는 것이 옳다고 생각됩니다."

현자의 엉뚱한 제안에 왕자는 그의 말을 곰곰이 되새겨보았다.

'사람의 치아 수는 모두가 같은데 현명한 사람의 치아가 더 많다고? 이건 또 무슨 말인고? ……옳거니, 왕위에 뜻이 있는 사람은 떡을 세게 물어 보다 많은 잇자국을 남기려 들 것이고 그렇지 않은 사람은 떡을 약하게 물어 보다 적은 잇자국을 남기려 할 것이 아닌가? 그렇다면 이것은 자연스럽게 왕위를 내게 넘겨주려는 현자의 계략이군. 과연 현자로다.'

왕자는 현자의 뜻에 따르기로 하였다.

"현자의 말을 들어보니 그 방법이 가장 좋을 듯하오."

왕자는 곧 아랫사람들을 시켜 떡을 내오게 하였다. 그리고는 왕자와 현자와 중신들은 떡을 물어 자신의 앞에 내려놓았다.

떡에 찍힌 잇자국을 세어보니 왕자의 잇자국이 가장 많았으며 현자의 것이 그 다음으로 많았다.

그리하여 모든 중신들과 현자는 기꺼운 마음으로 왕자를 새로운 왕으로 뽑았다.

"중신들은 들으시오. 나는 그대들의 뜻에 따라 새로운 왕이 되었소. 그러니 그대들은 나를 도와 나라를 편안하게 하는 데 힘을 다해주시오. 그리고 짐 다음으로 잇자국이 가장 많은 이는 여기 계신 현자이니 내가 죽거든 지체없이 이 분을 왕으로 모시기 바랍니다."

왕자는 현자와 중신들의 도움으로 선정을 펼쳤고, 그가 죽은 뒤 현자가 왕위에 올라 이름에 걸맞는 덕정을 펼쳤다.

본질과 현상

어느 산골에 여러 가구가 모여 사는 작은 마을이 있었다.

그 마을은 땅이 기름지고 기후도 적당하여 양질의 감자가 생산되었다.

그 마을에서 생산되는 감자는 다른 지역의 감자보다 씨알이 굵고 맛이 좋아 가격이 다른 지역 것보다 두세 배는 비쌌는데도 그 마을의 감자를 찾는 사람이 많았다. 덕분에 마을 사람들은 대대로 감자 농사로 생계를 유지할 수 있었다.

그러나 그 마을에는 오랫동안 풀리지 않는 골칫거리가 있었다.

야생 멧돼지가 시도 때도 없이 나타나 감자밭의 감자를 모두 먹어치우는 바람에 한 해의 감자 수확량이 그리 많지 않다는 것이 바로 그것이었다.

마을 사람들은 감자밭 주위에 단단한 가시 철조망을 쳐보았지만, 머리 좋고 힘센 멧돼지들은 용케도 철조망을 부수고 들어와 감자밭을 엉망으로 만들어놓고 도망가곤 하였다.

그럴 때마다 마을 사람들은 철조망을 더욱 단단히 수리하여 멧돼지의 습격을 막아보려 했지만 멧돼지의 피해는 좀처럼 줄어들지 않았다.

날이 갈수록 멧돼지로 인한 피해는 점점 커졌고 더불어 멧돼지 때문에 망가진 철조망을 수리하는 데에도 비용이 적지 않게 들어갔다.

그러던 어느 날, 마을 사람들은 회관에 모여 멧돼지의 피해를 막을 대책 회의를 하였다.

"이젠 정말 참을 수 없습니다. 저는 이달 들어 철조망 수리만 열 번을 했습니다. 그때마다 전문가를 불러서 수리해야 하니 이러다간 감자 농사를 지어 번 돈을 철조망 수리비로 다 날릴 형편입니다."

처음으로 말문을 연 사람은 마을에서 가장 큰 감자밭을 경작하는 사람이었다. 첫 사람이 말문을 열자 여기 저기서 물꼬가 트인 듯, 너도나도 한마디씩 거들었다.

"나도 이달에 철조망 수리비로 얼마를 날린지 모르겠소."

"글쎄 ,이달엔 우리 대가족의 식비보다 철조망 수리비가 더 들었어요."

"맞아요, 맞아! 저희 집도 그 집하고 같아요."

"이렇게 철조망 수리비가 많이 들면 더이상 감자 농사는 못 지어요."

"철조망 때문에 신경 쓰면서 사느니 차라리 도시로 가서 막노동하고 사는 것이 배짱 편할 것입니다."

사람들의 불평이 쏟아지자 장로는 마을 사람들을 진정시키며 그들을 설득하려 하였다.

"나도 감자 농사를 짓는 사람인데 여러분 사정을 왜 모르겠소! 하지만 여기 모인 우리들은 대대로 이 땅에서 감자 농사를 지어온 사람들 아니오. 무슨 일이 있더라도 감자 농사를 포기해선 안 됩니다. 그러니 우리 불평만 하

지 말고, 대책을 한번 찾아봅시다."

그러자 처음 말문을 열었던 농부가 장로의 말에 토를 달며 끼어들었다.

"아니, 우리가 대책 논의를 한 것이 어디 한두 번이오? 회의를 해도 대책이 없으니 그렇지 않소!"

농부의 말처럼 이 마을 사람들은 멧돼지 때문에 여러 번 대책 회의를 했지만 그때마다 이렇다 할 대안을 찾지 못했었다.

장로는 굳은 얼굴로 다시 말문을 열었다.

"그렇지만 어쩌겠소. 지금으로선 어쩔 도리가 없잖소."

장로가 도움이라도 바라듯 여러 마을 사람을 둘러보자 구석에서 조용히 듣고만 있던 한 농부가 일어나 한 가지 제안을 하였다.

"이러면 어떨까요? 지금의 철조망은 너무 듬성듬성 가시가 나 있어 멧돼지들이 쉽게 망가뜨렸는데 좀더 촘촘한 가시의 철조망을 만들어 단다면 피해가 덜하지 않을까요?"

일어선 농부의 말이 채 끝나기도 전에 가장 큰 농사를 짓는 농부가 대뜸 핀잔을 주었다.

"그건 당치도 않아요. 여러분도 아시겠지만 우리 밭의 철조망 가시는 다른 분들 밭의 철조망 가시보다 두세 배는 더 촘촘합니다. 그러나 그 피해정도는 여러분과 같지 않습니까? 그러니 그런 제안은 제안이라고도 할 수 없는 것이오."

일어서 있던 농부는 무안해서 아무 대꾸도 못하고 다시 자리에 앉았다.

"그럼, 이러면 어떨까요?"

이번엔 다른 사람이 일어나 또다른 제안을 하였다.

"지금 철조망 높이는 너무 낮으니 좀더 높게 철조망을 설치해보는 것입니다.”

이번에도 그 사람의 말이 끝나기도 전에 가장 큰 농사를 짓는 농부가 핀잔을 주었다.

“당신, 머리가 어찌 그리 나쁘시오. 멧돼지들은 철조망 밑을 파고들어온단 말이오. 그러니 철조망을 높인들 무슨 소용 있겠소?”

그 말에 마을 사람들을 모두 깔깔거리며 웃었고, 철조망의 높이를 올리자고 제안했던 사람은 무안해하며 얼른 제자리에 앉았다.

가장 큰 농사를 짓는 농부가 마을 사람의 제안마다 반박을 하고 나서자, 이제 아무도 의견을 내놓으려고 하지 않았다.

그때 마을에서 가장 어리석은 농부가 일어서더니 더듬거리는 말투로 이야기를 하였다.

“이러면 어떨까요……?”

다른 사람도 아니고 마을에서 가장 어리석은 농부가 제안을 하려고 하자 가장 큰 농사를 짓는 농부는 어이없는 표정으로 그에게 물었다.

“당신도 의견이 있다는 거요? 어디 한번 들어봅시다.”

허락이 떨어지자 마을에서 가장 어리석은 농부가 이야기를 시작했다.

“지금까지 여러분이 의견을 내놓았지만 다 소용없었습니다. 그런데 우리가 지금 속 썩는 이유가 뭡니까? 다 철조망 때문 아닙니까? 그러니 우리 모두 가시 철조망을 걷어버립시다. 그러면 철조망이 망가질 이유도 없고 철조망을 고치려고 수리비를 들일 필요도 없지 않을까요?”

어리석은 농부의 제안에 마을 사람들은 모두 어이없다는 표정으로 그를 쳐다보았지만 가장 큰 농사를 짓는 농부는 그제야 해답을 얻었다는 듯 기쁜 표정으로 소리쳤다.

"오라, 그러한 묘안이 있었구나! 여러분, 우리가 드디어 해결책을 찾았습니다. 가시 철조망만 없으면 우리 마을엔 더이상 걱정거리가 없을 것입니다! 안 그렇습니까, 여러분?"

가장 어리석은 농부와 가장 큰 농사를 짓는 농부가 서로 얼싸안고 기뻐하자 마을 사람들은 아무 말 못하고 그저 지켜만 볼 뿐이었다.

본질과 현상은 동전의 앞뒷면같이 불가분의 관계다. 허나 문제 해결에 있어 현상이 본질을 치환할 수는 없는 것이다.

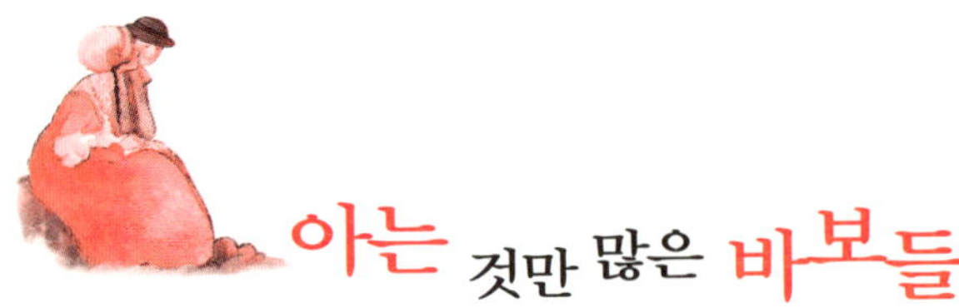

아는 것만 많은 바보들

부모 잃은 어린 손자를 키우며 어렵게 살아가는 한 노인이 있었다.

배운 것도 적고 나이도 많은 노인은 대형 회의장에서 허드렛일을 하며 손자를 키우고 있었지만 어린 손자가 똑똑하고 할아버지를 지극히 사랑하기에 힘든 줄을 몰랐다.

손자는 학교 수업이 끝나자 여느 날과 같이 할아버지를 돕기 위해 할아버지가 일하는 곳으로 찾아갔다.

그런데 그날 그 회의장에는 세계 각처에서 온 천문학자들이 어려운 천체 방정식을 논의하여 풀기 위해 모여 있었다. 그래서 할아버지는 손자가 온 것도 모르고 바쁘게 회의장 이곳 저곳을 돌아다니며 청소를 하고 있었다.

그런데 회의장에 들어가지 않고 복도에서 서성이던 몇몇 천문학자들이 노인이 청소하는 모습을 보고도 바닥에 침을 뱉고 담배꽁초를 바닥에 내던져 짓이기곤 했다. 그럴 때마다 노인은 묵묵히 담배꽁초를 줍고 재와 더러

운 침을 깨끗이 치웠다.

천문학자들이 할아버지를 마치 청소하는 기계처럼 아무렇게나 대하는 모습을 보고 손자는 슬프고 또 화가 났다. 손자가 할아버지 곁에 다가가 침을 뱉고 담배꽁초를 버린 사람들에게 항의하려 하자 노인은 서둘러 손자를 말렸다.

"애야, 언제 왔니? 저 분들은 아주 많이 배운 높은 분들이란다. 그리고 난 보잘것없는 청소부 아니겠니! 그분들이 하는 일은 모두 당연한 것이니 네가 참으렴."

할아버지의 말에 손자는 아무 말도 하지 못한 채 두 눈에 눈물만 그렁그렁 매달았다.

얼마 후 회의가 시작되자 복도에 모여 있던 사람들은 모두 회의장 안으로 들어갔다.

그제야 노인은 짬을 내어 손자와 담소를 나누었고 짧은 담소가 끝나자 다시 회의장 안을 청소하려고 손자와 함께 회의장으로 갔다.

회의장 안은 어려운 방정식을 푸느라 세계의 석학들이 뜨거운 토의를 벌이고 있었다.

회의에 지장을 주지 않기 위해 조심하면서 노인은 손자의 도움을 받아 회의장을 청소해나갔다. 그러다가 노인은 들고 있던 금속 재떨이를 실수로 바닥에 떨어뜨리고 말았다.

쨍그랑, 재떨이 떨어지는 소리가 회의장 안에 울려퍼지자 모여 있던 학자들은 약속이나 한 듯 소리쳐댔다.

"뭐야! 누가 이 중요한 회의를 방해하는 거야?"

"저기 있는 저 노인네는 뭐야?"

“저 늙은 바보는 지금 우리가 얼마나 중요한 문제를 풀고 있는지 아는 거야, 모르는 거야?”

“어서 저 인간, 빨리 내보네!”

그들은 일제히 노인에게 비난의 화살을 쏘았다.

노인이 연신 허리를 굽혀 사과를 했지만 비난은 꼬리에 꼬리를 물고 노인과 손자의 귀에 달라붙었다.

비난을 듣고 있던 손자는 갑자기 두 손을 허리에 붙이고 피식 웃더니 많은 학자들 앞에서 큰 소리로 외쳤다.

“좀 조용히 해요! 그리 어렵지도 않은 문제 하나 풀면서 무슨 대단한 일이나 하는 것처럼 호들갑들을 떨다니!”

어린 꼬마의 갑작스런 큰소리에 모여 있던 학자들은 어이가 없어 아무 말도 할 수가 없었다.

잠시 후 학자 중 가장 똑똑해보이는 자가 손자를 똑바로 쳐다보며 꾸짖었다.

“네 이 녀석, 지금 뭐라고 했느냐? 우리가 풀고 있는 문제가 어렵지 않은 문제라고? 네가 뭘 알기나 하고 하는 소리냐? 그럼 맹랑한 네 녀석은 이 문제를 풀 수 있다는 말이냐?”

손자는 대답 대신 자신 만만하게 고개를 끄떡이고는 당당히 회의장 앞으로 나아가 분필 한 자루를 집어들었다.

그리고 칠판에 빼곡이 적혀 있는 어려운 방정식을 한번 쭉 훑어보더니 방정식 맨 마지막 부분에 곱하기 0 을 쓰고는 답란에 0 이라고 적었다.

학자들은 어린 아이의 당돌한 행동에 허탈하게 웃을 뿐이었다. 그러자 손자는 큰 소리로 학자들에게 말했다.

　　“여기 모여 있는 사람들은 아는 것만 많은 바보들이군요! 아직 어린 저도 공중 질서를 지키고 노인을 공경하며 타인을 배려하라고 배워서 그렇게 알고 행동하는데, 당신들은 많이 배웠다면서도 그런 기본적인 것조차 모르니 아는 것만 많은 바보들이지 뭐겠습니까.”

지식이라는 삶에 곱하기 0을 하면 0이 되어버리고 만다. 그러나 **삶**의 **지혜**는 그 삶을 윤택하게 할 것이다.

득도한 노승의 하품

어느 나라에 젊은 천재 철학 교수가 살았다.

그의 학식은 다른 학자들의 부러움을 살 만큼 높았고, 그의 강의는 멀리 해외에서도 들으러 찾아올 만큼 명강의였다.

그러나 정작 젊은 교수는 그런 존경과 유명함에는 개의치 않고 오직 세상의 이치를 깨닫는 데만 몰두하였다. 그래서 젊은 교수는 강의하는 시간을 제외하곤 자신의 연구실에 틀어박혀서 수많은 서적을 탐독하고 사색하며 보냈다.

그러던 어느 날 교수는 읽고 있던 책을 집어던지며 통곡하기 시작하였다.

"이런 서글픈 일이 있나. 더이상 내게 깨달음을 알려줄 책은 없구나. 그런데 나는 아직 세상의 진리를 알지 못하였으니 이제 무엇을 나의 스승으로 삼아 깨달음을 얻는단 말인가?"

교수는 한참을 통탄에 빠져 있었다.

그러다 문득 교수는 무엇을 생각해내고는 서둘러 연구실에 있는 자신의 짐을 싸기 시작하였다.

"동양에 계신 한 스님이 도를 깨우치셨다 하니 그분이라면 내게 깨달음의 길을 열어주실 수 있을 거야."

이렇게 생각한 교수는 당장 학교를 그만두고 득도한 노승이 사는 절을 찾아갔다.

그런데 득도한 노승이 사는 사찰은 매우 보잘것없었고, 그곳에서 도를 찾는 수행자들도 거의 없었다.

그 모습에 실망한 교수는 발길을 돌려 돌아가려다가 마음을 굳히고 노승에게 정성을 다해 인사를 드렸다.

"저는 멀리 이국에서 찾아온 철학자입니다. 저는 이제 더이상 책 속에서 지혜를 배울 게 없어 큰스님께 가르침을 받고자 찾아왔습니다. 부디 저에게 깨우침을 주십시오."

이국의 젊은 교수의 청에 노승은 껄껄 웃었다.

"고얀 녀석이로고! 내가 가진 것이 없는데, 가진 것을 모두 내놓으라니, 내 그대에게 무엇을 줄 수 있겠소?"

노승은 젊은 교수를 돌려보내려 했지만 교수는 말을 듣지 않고 절에 남아 노승에게 깨달음을 얻으려고 하였다.

젊은 교수는 서너 달 절에 머물며 허드렛일을 거들었다. 그는 틈틈이 노승의 모습을 지켜보았는데 노승이 하는 일이라고는 삼 시 제때 챙겨먹는 일과 게으름 피우며 잠자는 것 말고는 이렇다 할 특별함이 없었다.

그렇게 몇 개월을 게으른 노승을 지켜보던 교수는 자신이 노승의 허명에 속았다고 생각하였다.

‘내가 속았군. 득도한 스님이라고 알고 왔더니 도를 깨우치기는커녕 약고 게으른 늙은이였구나.’

생각이 이에 미친 교수는 자신이 있던 곳으로 돌아가기 위해 서둘러 짐을 챙겨나왔다. 그런데 햇볕이 잘 드는 대청마루에서 기지개를 켜며 근사하게 하품하는 노승의 모습이 눈에 들어왔다. 순간 교수는 온몸이 나른해지며 무엇인가가 가슴 깊이 지나가는 것을 느꼈다.

‘아하, 세상은 끊임없이 내게 많은 것을 가르쳐주는데 나는 그것을 마다하고 작은 것을 찾아 헤매었구나.’

교수는 속으로 중얼거리며 노승에게 가슴 깊은 곳에서 우러난 감사의 큰절을 올린 뒤 자신이 살던 곳으로 돌아갔다.

난 아직 득도한 노승의 하품의 의미를 모른다.
히지만 세상에는 **배우고 깨우칠 것**들이 참 많다는 것은 잘 알고 있다.

여의도의 저울 장사

세상 물정 모르고 반평생 한 직장에만 다니던 남자가 있었다.

그는 경제 한파가 닥치자 다니던 직장에서 그만 쫓겨나고 말았다. 다른 직장을 구하려고 노력도 해보았지만 나이가 너무 많아서인지 그를 고용하려는 회사는 없었다.

그렇다고 그가 남은 여생을 편하게 쉬면서 보낼 만큼 돈이 많은 것도 아니었으며 그에게는 부양할 부모와 아내와 자식이 있었기에 무엇이라도 해야만 했다. 결국 그는 아내와 의논하여 퇴직금을 밑천으로 자그만 장사를 해보기로 하였다.

몇날 며칠을 무슨 장사를 할까 고민하던 사내는 여의도에서는 저울 장사가 잘된다는 소문을 듣고 저울 장사를 하기로 마음먹었다.

그는 퇴직금을 털어 서둘러 여의도에 작은 점포를 얻고 수백 종류의 수많은 최신식 저울을 들여놓았다. 그렇게 장사를 시작한 남자는 모든 것이 잘될 거라 믿었지만 그것은 그의 바람일 뿐이었다.

처음 몇 달 동안 장사가 안 되자 남자는 점포가 알려지지 않아 그럴 것이라는 생각에 수많은 광고 전단을 뿌려보았다. 그러나 광고 전단 제작비만 날렸을 뿐 장사는 이전과 마찬가지였다.

그렇게 몇 달이 흐르자 그의 수중엔 돈 한 푼 남지 않았고, 급기야 점포세도 밀려 거리로 쫓겨날 지경이 되었다.

남자가 장래에 대한 걱정으로 한숨과 눈물을 뒤섞으며 손님이 하나도 없는 점포를 지키고 있는데 어느 유명한 장사꾼이 저울을 사려고 그의 가게에 들렀다.

좋은 저울을 찾기 위해 점포를 둘러보던 유명한 장사꾼은 장사에는 관심을 두지 않고 눈물만 흘리고 있는 남자의 행동이 이상하여 말을 걸었다.

"이 점포엔 좋은 저울이 참 많군요. 그런데 주인 어르신께선 무슨 걱정이 있으십니까?"

그러자 남자는 느릿느릿 자신의 처지를 털어놓았다.

"저는 명예 퇴직을 하고 퇴직금으로 장사를 하는 사람입니다. 여의도에서는 저울 장사가 잘된다고 하기에 저울 장사를 시작하였는데 수 개월 동안 한 개도 못 팔고 퇴직금만 날렸습니다. 이제 다음달이면 밀린 점포세 때문에 거리로 쫓겨나게 생겼는데 제가 어찌 울지 않을 수 있겠습니까?"

남자는 다시 울기 시작하였다.

유명한 장사꾼은 남자의 딱한 사정을 듣고 그를 도울 마음으로 점포 안을 둘러보았다.

남자의 가게는 전자저울, 수동저울, 큰저울, 작은저울 등 수많은 저울이 보기 좋게 진열되어 있었다.

유명한 장사꾼은 속으로 이렇게 잘 꾸며진 매장에서 왜 장사가 안 될까 곰곰이 생각하다가 한 가지 잘못된 점을 찾아냈다. 그는 주인에게 다가가 자신이 발견한 것을 말해주었다.

"주인 어르신, 이 점포에는 잘못된 점이 있습니다. 그것만 고치면 장사가 잘될 것입니다."

주인은 유명한 장사꾼의 말에 힘없이 대꾸하였다.

"잘못된 점이 있다고요? 그것이 무엇이죠? 내 당장 고치리다."

유명한 장사꾼은 자상한 미소를 지으며 순진한 장사꾼을 바라보았다.

"이곳의 저울은 다양합니다. 그런데 이곳의 저울은 그저 무게를 측정하는 평범한 저울들일 뿐입니다. 그것이 문제입니다. 여기 여의도에 사는 사람들은 단순히 무게를 측정하는 저울은 필요로 하지 않습니다. 그들은 무게를 측정하는 저울이 아니라, 단지 어느 것이 더 무거울까를 측정하는 천칭저울이 필요할 뿐입니다. 그러니 이제부터 천칭저울만 팔아보십시오. 그러면 망하는 일은 없을 것입니다."

우리나라 여의도 양반들이 어느 것이 더 **이득**이 될까보다 어느 것이 더 **가치** 있는가를 안다면 우리나라의 정치가 100년 정도는 앞서갈 수 있을 텐데……

어느 수학자 이야기 1

어느 나라에 털털하고 사람 사귀기 좋아하는 저명한 수학자가 있었다.

그 수학자가 사람 사귀기를 좋아하다보니 그의 주변에는 늘 여러 분야에서 일하는 다양한 사람들로 북적거렸다.

그러던 어느 날 수학자가 한가로이 독서를 즐기고 있는데, 내기를 좋아하는 한 친구가 근심이 가득한 얼굴로 수학자를 찾아왔다.

수학자는 친구에게 자리를 권하고 자상한 얼굴로 물었다.

"무슨 일이라도 생긴 건가? 자네 얼굴에 근심이 가득하구먼."

수학자의 자상한 물음에 친구는 참았던 눈물을 터뜨렸다.

"내가 미쳤지, 미쳤어! 이 일을 어찌하면 좋단 말인가? 이제 우리 가족은 모두 거리로 나앉게 생겼네."

친구는 말을 더 잇지 못하고 연신 울기만 하였다.

수학자는 친구를 진정시키고 걱정스런 얼굴로 다시 물었다.

"도대체 무슨 사정인지 소상히 한번 말해보게."

그제야 친구는 마음을 가라앉히고, 자신의 사정을 털어놓았다.

"내가 내기를 했네. 내 재산 전부를 걸고 바둑 시합을 했는데 그만 지고 말았어."

친구의 어리석은 사연을 들은 수학자는 혀를 차며 친구를 나무랐다.

"언젠가 이런 일이 있을 것을 알았네. 자네는 내기라면 물불을 안 가리고 달려드니……. 그만 울고 어서 일어나게."

수학자가 울고 있는 친구를 일으켜세우자 친구는 어정쩡한 표정으로 수학자에게 물었다.

"아니, 어디를 가려고 그러는가?"

"어디로 가긴 어디로 가? 잃은 재산을 찾아야 할 게 아닌가? 자네와 내기 바둑을 둔 사람에게 날 안내하게."

수학자가 길을 재촉하자 친구는 그에게 자신의 재산을 찾아줄 묘책이 있음을 확신하고 수학자를 바둑 대가의 집으로 안내하였다.

바둑의 대가는 친구와 수학자를 보고 탐탁지 않은 얼굴로 자신을 찾아온 용건을 물었다.

"아직 내기할 재산이 더 있소? 만약 당신 재산을 돌려달라는 이야기를 하러 왔다면 썩 돌아가시오."

그러나 수학자는 능청스럽게 껄껄 웃으며 대답히였다.

"재산을 돌려달라고 온 것이 아니올시다. 선생님과 다시 한 번 내기를 하러 온 것입니다."

또다시 내기를 하러 왔다는 말에 바둑 대가는 반색을 하더니 바둑판과 돌을 꺼내놓으며 두 사람에게 자리를 권했다.

“그래, 이번엔 무엇을 걸고 내기를 할까요?”

바둑의 대가가 바둑판 앞에 앉으며 물었다.

수학자는 자신만만한 얼굴로 바둑판 앞에 마주앉아 천천히 입을 열었다.

“제가 모아놓은 재산이 있습니다. 전 그것을 모두 걸 것이니 선생님은 이 친구가 잃은 모든 것을 거십시오.”

바둑의 대가는 잠시 생각해보고는 자신이 손해를 볼 것 같지 않다는 판단이 서자 서둘러 바둑돌을 집으며 바둑을 두려고 하였다.

“그럽시다. 어서 대국을 겨뤄봅시다.”

그러나 수학자는 바둑을 둘 생각은 안 하고 엉뚱한 제안을 하였다.

“허나 조건이 있습니다.”

수학자가 조건을 달고 나오자 대가는 심기가 편치 않은 얼굴로 그 조건을 물어보았다.

“조건, 그 조건이 뭐요?”

수학자는 태연한 얼굴로 자신의 조건을 이야기하기 시작하였다.

“바둑돌로 내기를 하되 바둑으로 내기를 하지는 않으려고 합니다.”

말도 안 되는 내기 조건을 들은 바둑의 대가는 버럭 화를 냈다.

“바둑돌로 내기를 하되 바둑은 두지 않겠다니, 도대체 무슨 내기를 하자는 말이오? 바둑이 아니라면 나는 내기를 하지 않겠소.”

바둑의 대가는 바둑판을 등지고 앉으며 수학자의 제안을 한마디로 거절해버렸다.

그러나 수학자는 그런 반응을 미리 예상이라도 했었던 양 태연한 표정으로 천천히 말문을 열었다.

“선생님께서 믿기 어렵겠지만 저는 마법사입니다. 그래서 전 바둑돌에

134

마법을 걸어 신기한 재주를 보여드리려고 합니다. 제 마법을 못 믿으시겠다면 내기를 하시지요."

바둑의 대가는 수학자의 말이 하도 어이없어 피식 웃고는 다시 바둑판 앞으로 돌아앉았다.

"아니, 요즘 세상에 마법사가 어디 있단 말이오? 당신들이 돈을 잃더니 정신이 나간 모양이구려! 허튼 소리 집어치우고 어서 돌아가시오."

바둑의 대가가 일어나 수학자와 친구를 내쫓으려고 하자 수학자는 그를 진정시키며 말했다.

"그럼 제가 제 능력을 증명해 보이면 되지 않겠습니까?"

그 말에 대가는 호기심이 생겼는지 다시 자리에 앉았다.

"그래, 어떻게 당신의 마법을 증명해 보이겠소?"

바둑의 대가가 호기심을 보이자 수학자는 그제야 순한 미소를 지어보이며 자신의 마법을 차근차근 설명하였다.

"선생님께서는 검은 돌 백 개와 흰 돌 백 개를 한 통에 넣고 골고루 섞어 주십시오. 그러면 제가 검은 바둑돌과 흰 바둑돌에 마법을 걸겠습니다."

바둑의 대가는 아무 말 없이 수학자가 시킨 대로 검은 돌과 흰 돌 백 개씩을 한 통에 넣고 골고루 섞었다.

"자, 시키는 대로 검은 돌과 흰 돌을 골고루 섞었소. 어서 마법을 부려보시오."

바둑의 대가가 수학자를 재촉하자 수학자는 엉터리 주문을 걸며 마법사 시늉을 내었다.

"수리수리 마수리……. 자, 끝났습니다. 이제 그 통의 희고 검은 바둑돌 이백 개는 제 마법에 걸렸습니다."

수학자가 자신 있게 말하였지만 바둑돌에는 아무 변화가 없었다.

그러자 바둑의 대가는 놀림을 당한 기분이 들었는지 얼굴이 붉어지면서 성을 내었다.

"이런 엉터리들 같으니……. 날 속이려고 들어! 바둑돌에는 아무런 변화도 없지 않소."

바둑의 대가가 버럭 화를 냈지만 수학자는 여유만만한 얼굴로 자신 있게 대답하였다.

"아닙니다. 바둑돌들은 이미 마법에 걸려 있습니다. 내 마법이 정 의심스러우면 그 통의 바둑돌을 바닥에 쏟아보십시오. 그러면 마법에 걸린 바둑돌들은 흰 돌은 흰 돌끼리 검은 돌은 검은 돌끼리 뭉칠 것입니다."

수학자의 말에 바둑의 대가는 너무 기가 막혀 큰소리로 웃어댔다.

"뭐라고? 마법에 걸린 바둑돌들이 흰 돌은 흰 돌끼리 검은 돌은 검은 돌끼리 뭉친다고? 만약 그런 일이 일어난다면 내가 당신들이 잃은 재산을 몽땅 돌려주지."

수학자는 이제 됐다 싶어 재차 다짐을 받아두었다.

"선생님, 지금 하신 말씀은 꼭 지키셔야 합니다. 그러면 어서 그 통에 담긴 바둑돌을 바닥에 쏟아보십시오."

바둑의 대가는 수학자의 말을 믿지 않았기에 의기양양한 얼굴로 통을 들어 바둑돌을 바닥에 쏟아부었다.

그런데 정말 수학자가 마법을 건 것인지 흰 돌들은 흰 돌끼리 검은 돌은 검은 돌끼리 삼삼오오 짝을 지어 모여 있는 것이었다.

그 모습을 본 바둑의 대가와 친구는 수학자의 마법에 감탄하였다.

수학자는 놀라서 정신을 못 차리는 바둑의 대가에게서 친구의 재산을 돌

려받고 얼른 대가의 집을 빠져나왔다.

"그런데 자넨 언제 마법을 익혔나? 정말 대단허이."

재산을 돌려받아 한결 마음이 가벼워진 친구가 길을 재촉하는 수학자에게 물었다.

"이런 바보 같은 사람아, 마법은 무슨 마법인가? 이백 개의 흰 돌, 검은 돌이 골고루 섞일 확률은 극히 적네! 아무리 바둑돌을 잘 섞어놓아도 흰 돌은 흰 돌끼리 검은 돌은 검은 돌끼리 뭉치게 마련이지."

바둑 대가의 집에서 멀찍이 떨어져 왔을 때, 수학자는 그제야 친구에게 마법의 비밀을 들려주었다.

사람들이 **무리** 짓는 일은 자연스러운 일이다.
허나 그 무리의 **세**를 넓히고 다른 무리를 **해**하려고 하는 일은
자연스런 일이 아니다.

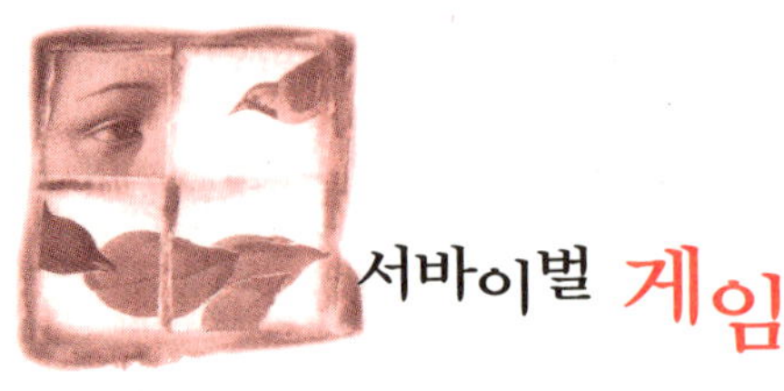# 서바이벌 게임

어느 방송국에서 특집 이벤트를 마련하였다. 많은 난관을 만들어 그 난관을 모두 극복해낸 한 사람을 뽑아 거금을 전달하는 서바이벌 게임 이벤트였다. 서바이벌 게임을 한다는 광고가 나가자 수많은 사람들이 거금을 차지하기 위해 그 게임에 참여하였다.

드디어 서바이벌 게임은 시작되었고 많은 사람들은 최후의 승자가 되기 위해 신발 끈을 단단히 매었다.

첫 번째 게임은 힘과 용기를 측정하는 게임이었다. 달리고, 넘고, 장애물을 통과하고, 무거운 것을 들고 하는 게임을 진행하는 동안 참가자의 절반이 탈락하고 말았다.

두 번째 게임은 지식을 겨루는 게임이었다. 시사 · 경제 · 과학 · 정치 · 인문⋯⋯, 어려운 문제들이 출제될 때마다 참가자들은 점점 줄어들고 소수의 몇 명만이 다음 게임에 당도하게 되었다.

마지막 게임은 지혜를 겨루는 게임이었다. 몇 남지 않은 참가자들은 지혜를 겨루다 모두 탈락하고 세 명만이 남았다.

마지막 한 사람을 뽑기 위해, 남겨진 세 명은 방송국 스튜디오로 자리를 옮겨 최후의 심판대 앞에 섰다.

"세 분, 여기까지 오시느라 수고하셨습니다. 이제 마지막 테스트로 한 분을 가려 그분께 상금을 드릴 것입니다. 마지막까지 최선을 다해주시기 바랍니다."

진행자의 설명을 하나라도 놓칠세라 세 명의 참가자는 얼굴을 상기시키며 그의 말을 듣는 데 열중하였다.

"저 커튼 뒤에는 세 개의 상자가 놓여 있습니다. 바로 그 안에 상금이 들어 있는데, 상금이 든 상자를 찾는 분이 최후의 우승자가 되는 것입니다."

사회자는 마지막 테스트를 설명하고는 커튼을 열었다.

커튼 뒤에는 사회자의 말대로 세 개의 상자가 있었다. 하나는 볼품없는 궤짝이었고, 다른 하나는 금은보화로 짜여진 상자였고, 마지막 하나는 투명한 유리로 된 상자였다.

사회자의 안내로 차례차례 세 사람은 돈이 든 상자를 찾기 시작하였다.

'이번 경기는 지혜를 겨루는 경기야! 그러니 우리에게 쉽게 상금을 찾게 할 리가 없지. 저기 투명해서 안이 들여다보이는 상자는 분명히 함정일 테고, 그렇다면 저 궤짝과 금은보화로 장식된 상자 둘 중 하나에 돈이 들어 있을 텐데……'

첫 번째 참가자는 잠시 고민을 하다가 세 상자 중 하나를 골랐다.

'그래! 상금에 눈 먼 우리를 일깨워주기 위해 볼품없는 궤짝에 상금을 넣어두었을 거야.'

자신의 선택에 확신이 선 첫 번째 참가자는 자신 있게 궤짝을 열어젖혔지만 그 속에는 아무것도 없었다.

첫 번째 참가자가 탈락하자 두 번째 참가자는 자신에게 기회가 온 것에 대해 무척 기뻐하였다.

'이게 웬 떡이람. 음…… 저기 안이 훤히 보이는 상자에는 돈이 없는 것이 확실해! 게다가 궤짝에는 돈이 안 들었으니, 금은보화로 장식된 상자에 돈이 든 것이 틀림없겠군. 맞아, 맞아! 그런 거금이라면 황금 상자에 들어 있어야 말이 되지.'

두 번째 참가자는 자신이 상금을 거머쥘 것을 완전 확신하며 금은보화로 장식된 상자를 열었다. 그러나 그 상자에도 돈은 들어 있지 않았다.

두 명의 참가자가 연거푸 실패하자 진행자는 미소를 지으며 마지막 참가자에게 말했다.

"네, 앞의 두 분은 모두 실패하셨네요! 이제 남은 상자는 단 하나뿐, 상금의 주인공은 바로 당신이 되겠군요. 어서 상자를 열어보세요."

그러나 마지막 남은 참가자는 시큰둥한 표정으로 진행자를 물끄러미 쳐다보기만 할 뿐 유리 상자를 열려고 하지 않았다.

"에끼, 여보쇼! 내가 바본 줄 아는 거요? 속이 훤히 들여다보이는 저 상자가 속임수라는 것은 누구나 다 아는 사실이오! 진짜 상금은 어디에 감춰두었소?"

진정한 지구의 지배 생명체

지구 멀리 몇 백 광년 떨어진, 고도로 발달한 어느 행성의 사람들이 지구가 아름답다는 말을 듣고 지구를 식민지로 삼으려고 원정대를 보냈다.

멀리서 찾아온 이방인들은 무작정 지구를 토벌하기 전에 지구의 전력을 탐사하기 위해 여러 가지를 사전에 조사하기로 하였다.

그들이 여러 모로 조사한 결과 지구는, 자기네들이 살고 있는 행성과는 비교할 수도 없이 아름다운 자연과 수많은 종류의 동식물이 함께 살고 있었다. 그러나 두 발로 걸어다니는 미개한 생명체들이 보잘것없는 문명으로 아름다운 자연을 파괴하고, 수많은 동식물을 멸종시키며, 심지어 같은 종의 걸어다니는 미개한 것들끼리 지지고 볶고, 죽이고, 미워하며, 더 나아가 한 방에 지구를 통째로 날려버릴 요상한 것을 만들어 가지고 놀고 있었다.

그 모습을 본 이방인들은 한심하기 짝이 없었다.

"저 아름다운 지구에 어찌하여 저렇게 미개한 조무래기들이 판을 치고 있담.”

“참으로 신은 불공평하군!”

“우리가 사는 행성에 지구의 십 분의 일만큼이라도 신이 관심을 기울여 주었다면 우리가 이렇게 힘들여 남의 행성을 탐내진 않았을 텐데…….”

“신은 어쩌자고 저런 미개한 존재들에겐 이렇게 아름다운 지구를 선사하고 우리에겐 보잘것없는 행성을 주셨을까?”

“우리는 기필코 저 걸어다니는 미개한 것들을 지구에서 박멸하고, 이 아름다운 지구에 터를 내리리라.”

이방인들은 지구 정복의 의지를 확고히 하고 때를 기다렸다.

드디어 D-데이 전날, 지구 정복을 준비하던 이방인 사령관 앞에 지구를 조사하러 갔던 한 조사관이 요상한 생명체 하나를 포획해왔다.

“큰일났습니다, 사령관님.”

조사관이 사색이 되어 사령관에게 급보를 전하였다.

“아니, 무슨 일이오? 내일이면 우리는 저 아름다운 지구의 새로운 지배자가 될 터인데 무슨 큰일이 났단 말입니까?”

조사관은 심각한 얼굴로 새로운 사실을 사령관에게 알렸다.

“지구를 지배하는 생명체는 인간이 아니었습니다. 인간은 그저 지배 생명체의 노예였습니다.”

조사관이 알아낸 새로운 사실에 사령관은 크게 놀랐다.

“무엇이라? 지구를 인간이 아닌 다른 생명체가 지배하고 있다고? 우리가 그동안 조사한 결과로는 미개한 인간이란 존재가 지구를 파괴하며 지배하고 있었는데 갑자기 새로운 지배 생명체가 나타났다니, 어찌 된 일이오?”

조사관도 실망한 얼굴로 그동안 조사한 내용을 사령관에게 보고하였다.

142

"저도 지구를 지배하는 존재가 인간이라는 미개한 생명체인 줄 알고 있었습니다. 그러나 제가 지구를 조사하던 어느 날, 인간들이 자신들보다 훨씬 작고 힘도 세지 않은 생명체에게 굽실거리며 그들이 시키는 모든 일을 군소리 없이 해내는 모습을 보고 이상히 여겨 세계 각국을 돌며 모든 가정을 돌아보았는데, 거의 모든 가정에서 그 작은 생명체들에게 인간들이 노예와 같이 부림을 당하고 있었습니다. 그로 미루어보아 인간들은 그 작은 생명체들의 노예가 틀림없습니다."

조사관의 보고를 들은 사령관은 심각한 얼굴로 한참을 고민하였다.

"그래, 그 지배 생명체는 어떻게 생겼습니까?"

조사관은 대답 대신 자신이 어렵게 생포한 지구의 지배 생명체를 사령관 앞으로 데리고 왔다.

"이 생명체가 제가 어렵게 잡아온 지구의 진정한 지배 생명체입니다."

사령관은 조사관이 포획해온 생명체를 자세히 살펴보았다. 인간보다는 턱없이 작고 야윈데다 강한 치아나 튼튼한 근육도 한 점 없는 정말 보잘것없는 존재였다.

그런데 그 생명체는 그동안 포획하여 조사한 지구의 다른 모든 생명체와는 달리 사령관 앞에서 조금도 겁을 내지 않았고, 오히려 까르르 하는 이상한 소리를 내었다.

"이 생명체가 진정한 지구의 지배 생명체란 말이오?"

사령관이 조사관에게 묻는 동안 어느새 지구의 진정한 지배 생명체는 어떻게 알았는지 이방인들이 타고 온 비행체의 핵심 부품을 열심히 분해하고 있었다.

그 모습을 본 사령관은 지구 지배 생명체의 놀라운 과학 지식에 더럭 겁을 먹었다.

"아니, 저 생명체는 어떻게 알고 우리 비행체의 핵심 부품을 파괴하려고 하지? 무엇들 하나! 어서 저 작은 생명체를 포박하여 꼼짝 못하게 하라!"

사령관의 명령에 수많은 이방인들이 달려들어 작은 지구 생명체를 겨우 포박하였다.

그런데 까르르, 까르르 소리만 내던 작은 지구 생명체가 갑자기 '으앙' 하는 이상한 소리를 내기 시작했다. 그 소리가 어찌나 큰지 비행체 내에 있던 모든 이방인들은 귀를 틀어막을 수밖에 없었다.

"지구에 저런 막강한 힘을 가진 생명체가 있었다니! 저런 소리 공격만으로도 우리 백만 대군이 전멸하고 말겠구나. 무엇들 하느냐! 지구 지배 생명체들이 우리를 공격하기 전에 저 생명체를 고이 제자리에 가져다두고 우리 행성으로 얼른 철수하자."

지구는 진정한 지배 생명체들의 것이다. 그러니 인간이라는 하등동물은
그들이 진정한 지배 생명체로 자랄 수 있도록
보필해야 하지 않을까?

면벽수행

　믿음이 깊은 한 수행자가 용맹 정진코자 면벽수행을 결심하고 그동안 자신을 깨달음의 길로 이끌어준 스승에게 찾아갔다.

　"큰스님, 그동안 제가 어리석어 눈이 있으되 참된 것을 보지 못하였나이다. 그래서 이젠 참된 것을 보고자 큰스님을 떠나 면벽수행을 하려고 합니다. 부디 허락해주십시오."

　애제자의 청에 스승은 무답으로 흔쾌히 허락하였다.

　스승의 허락이 떨어지자 수행자는 가사 한 벌과 먹을 양식을 조금 챙겨 깊은 산 속에 있는 토굴로 찾아 들어가 면벽수행을 시작하였다.

　수행자가 면벽수행을 한 지 어느덧 일 년여, 해와 달이 번갈아 뜨고 지길 삼백예순여섯 번을 거듭하였을 때 스승이 제자를 찾아갔다.

　스승이 온 것을 알면서도 토굴의 벽만을 뚫어져라 보고 있는 제자에게 스승이 물었다.

“무엇이 보이더냐?”

수행자는 스승의 물음에 작고 지친 목소리로 “아무것도 보이지 않더이다” 하고 대답하였다.

제자의 대답에 스승은 들고 있던 죽비로 제자의 양어깨를 두드려주고는 아무 말 없이 제자만 남겨두고 토굴을 나갔다.

그 후 시간이 흘러 계절이 스무 번 바뀐 뒤에 스승이 또다시 용맹정진하는 제자를 찾아가 전과 같이 물었다.

“무엇이 보이더냐?”

스승의 물음에 제자는 지친 목소리로 “작은 점이 보입니다” 하고 대답하였다. 스승은 들고 있던 죽비로 제자의 양어깨를 두드려주고는 다시 토굴을 떠났다.

그 후 시간이 흘러 수행자의 수염이 땅에 닿을 즈음, 또다시 스승이 제자를 찾아 전과 같은 물음을 던졌다.

“무엇이 보이더냐?”

스승의 물음에 제자는 지친 목소리로 “작은 점이 점점 커져 이제는 눈을 어디에 두더라도 그 점을 볼 수가 있습니다” 하고 대답하였다.

그 대답에 스승은 전과 마찬가지로 죽비로 제자의 어깨를 두드리곤 제자 곁을 떠났다.

세월이 흘러 정정하던 기력이 쇠해질 즈음, 스승은 병든 몸을 이끌고 또다시 제자를 찾아가 전과 같이 물었다.

“무엇이 보이더냐?”

그 물음에 제자는 소신 있는 목소리로 “빛이 있건 없건, 눈을 뜨건 감건 이젠 점을 볼 수 있습니다” 하고 대답하였다.

146

병든 스승은 들고 있던 죽비를 제자의 곁에 남겨둔 채 또다시 제자를 혼자 두고 토굴 밖으로 나갔다.

머칠 후 스승이 성불하셨다는 소식이 제자에게 전해졌다.

소식을 들은 제자는 아무 말 없이 옆에 있던 죽비를 들고 조용히 토굴 밖으로 나왔다.

그리고 스승의 사리 앞에 엎드려 절을 올린 뒤, "스승님, 이제 제 눈앞에 점이 사라졌나이다" 하고 아뢰었다.

그분께서 말씀하셨다.
눈을 뜨라고……

무한 소수 0.00······1

초등학교 동창회에서 초로의 단짝 친구가 오랜만에 만났다.

한 친구는 공학을 가르치는 교수가 되어 있었고 다른 친구는 철학을 가르치는 교수가 되어 있었다.

두 친구는 반가움에 겨워 그동안 살아온 이야기를 오래도록 나누었다.

그러다 공학 교수가 된 친구가 철학 교수가 된 교수에게 물었다.

"자네같이 머리 좋은 친구가 어쩌다 철학 교수가 된 겐가? 내가 가르치는 공학은 세상 사람들을 풍요로이 살게 해주지만 자네가 가르치는 철학은 쓸모없는 '논(論)'만 만들어 사람들 머리만 아프게 하지 않는가?"

친구의 질책 비슷한 질문에 철학 교수는 잠시 생각에 잠기더니 대답 대신 친구에게 물었다.

"자네는 공학을 가르치니 수학을 잘 알겠지? 내가 수학 문제 하나를 물어볼 테니 대답해주게."

"그래, 그럼세."

"무한 소수 0.00……1은 0에 가까운가, 아님 1에 가까운가?"

공학을 가르치는 교수는 친구의 어리석은 물음에 거침없이 대답하였다.

"대학 교수란 사람이 그것도 몰라서 묻는가? 무한 소수 0.00……1은 당연히 0에 가깝지."

친구의 명쾌한 대답에 철학 교수는 빙그레 웃으며 다시 물었다.

"0이란 아무것도 없음이 아닌가? 그러나 무한 소수 0.00……1은 그 크기가 작지만 엄연히 존재하는 것인데 어찌 존재하는 것과 존재하지 않는 것이 가까울 수 있는가?"

친구의 물음에 공학을 가르치는 친구는 난색을 하며 대답을 바꾸었다.

"그도 그렇군. 그럼 무한 소수 0.00……1은 1에 가깝겠군."

대답을 하고도 확신하지 못하는 친구에게 철학 교수는 다시 물었다.

"0을 제외한 양수 중에 무한 소수 0.00……1보다 작은 수가 어디 있는가? 그러면 무한 소수 0.00……1은 1보다 0에 더 가깝지 않은가?"

그 물음에 공학 교수는 말문이 막혀버렸다.

친구의 침묵을 지켜보던 철학을 가르치는 친구가 미소를 지으며 말했다.

"내가 가르치는 철학이란 학문은 말일세, 우리 존재가 0에 가까운가 1에 가까운가를 밝히려는 원초적인 문제를 다루는 학문이라네."

연탄

　한 농촌의 노인들이 농한기를 맞아 도시로 단체 관광을 왔다. 노인들은 도시 여기 저기를 돌며 지금껏 보지 못했던 새로운 것에 놀라고 즐거워하였다.

　다음날 노인들은 전시중인 어느 미술 대가의 작품을 관람하기 위해 단체로 미술관을 찾았다.

　노인들은 초현대식 대형 미술관 시설에 기가 죽어 제대로 작품을 감상도 못하였다. 그저 인솔자의 지시에 따라 꼬리를 물고 줄지어 미술관 안을 이리저리 옮겨다니고 있을 뿐이었다.

　그런데 어느 꼬부랑 할머니가 한 미술 작품을 가리키며 소리쳤다.

　"여기 좀 봐. 연탄이야, 연탄! 어라, 헌데 무슨 연탄을 이렇게 그렸났담?"

　할머니의 호들갑 때문에 질서정연하던 노인들의 행렬은 금세 무너졌다. 그들은 그 작품 앞에 옹기종기 모여 웅성거리기 시작했다.

"맞다 맞아, 연탄이네."

"저기 저 연탄은 삼천리 연탄이 아닌가봐! 생긴 게 이상하구먼."

"연탄불에 고기 구워 소주나 한잔했으면 좋겠네."

"요즘 연탄 값은 얼마나 간대?"

"내가 아우? 요즘은 촌에서도 연탄보기가 힘들잖아."

"우리 옆집 순돌 할매는 옛날에 연탄 가스 먹어서 먼저 갔잖아."

"나도 연탄 가스 먹어서 죽을 뻔했어!"

"우리 영감은 연탄 가스 마시고 바지에 오줌을 다 쌌다니까."

"아이고 할망구, 누굴 망신시키려고 난리여!"

대가의 작품 앞에서 시골 노인들은 장터에 모인 듯 서로 한마디씩 거들며 왁자글 떠들었다.

그러자 인솔자는 당황해하며 노인들을 조용히 시켰다.

"할머니 할아버지들, 미술관은 조용히 작품 감상을 하는 곳입니다. 그러니 조용히들 하시고 작품을 감상해보세요. 자, 할머니가 연탄이라고 하신 이 작품을 보세요. 여기 제목에 〈연〉이라고 적혀 있지요? 〈연〉이란 인연을 말하는 거예요. 이 작품을 그리신 대가는 늘 윤회와 불교 사상을 작품의 주제로 삼고 있습니다. 여기 바탕에 보이는 검은 배경은 우주를 상징하죠. 즉 불교에서 말하는 공의 세상을 의미하는 것입니다. 그리고 바깥에 있는 이 큰 원은 윤회를 뜻합니다. 원처럼 끝없이 생성하고 소멸하는 윤회 말이죠. 그리고 큰 원 안에 있는 작고 붉은 원들은 중생을 뜻합니다. 큰 윤회 속에서 중생들이 끊임없이 고통스러워하며 부처님의 자비를 구원하는 모습을 상징적으로 그린 것이죠."

인솔자가 노인들에게 한참 동안 대가의 그림에 대해 설명을 하고 있을 때였다. 어머니와 함께 인솔자의 설명을 듣고 있던 한 꼬마가 대가의 그림 제목에 뭔가 묻은 것을 발견하고는 손으로 그것을 쓱쓱 문질러 닦아냈다.

꼬마가 제목에 묻은 오물을 지우자 그 속에서 '탄' 이라는 글자가 얼굴을 내밀었다.

예술 작품을 **감상**하는 모든 사람이
평론자의 눈을 가질 필요는 없다.

맹꽁이 집단 소송 사건

전국의 맹꽁이들이 인간을 상대로 명예훼손을 문제 삼아 소송을 걸었다.

이 소송의 시시비비를 가리기 위해 인간 대표 한 사람과 맹꽁이 대표 한 마리가 법정에 섰다.

먼저 인간과 맹꽁이의 분쟁을 조정하려고 법정에 선 너구리 판사가 말문을 열었다.

"이 법정은 맹꽁이들이 오랜 기간 동안 인간들에게 억울한 모욕을 당하였다고 소를 제기하였기에 옳고 그름을 가리기 위해 열린 것입니다. 그러니 이 법정에 출두하신 인간 대표와 맹꽁이 대표는 사실만을 이야기하며 서로를 비방하는 말을 삼가시기 바랍니다. 그럼 먼저 맹꽁이 대표께서 소송을 제기하신 이유를 말씀하십시오."

그러자 맹꽁이가 매우 억울한 표정으로 눈물을 글썽이며 법정에 서게 된 경위를 말하기 시작했다.

"존경하는 재판장님, 그리고 역사적인 판결을 지켜보기 위해 이곳에 모이신 현명한 방청객 여러분, 제 말을 들어주십시오. 저와 우리 맹꽁이들은 개구리, 두꺼비와 함께 양서류로 분류된 동물입니다. 그런데 인간들은 같은 양서류임에도 불구하고 개구리는 영민하고 귀여운 동물로 생각하고 두꺼비는 복을 부르는 영물로 생각하면서, 유독 저희 맹꽁이는 어리석고 우둔한 동물로 취급하는 것입니다. 이런 불공평한 처사가 어디 있습니까? 우리는 지금까지 몇 백 년 동안 그런 불공평한 처사를 참으며 살아왔지만, 인간들이 그들의 과오를 깨닫지 못하기에 더이상 참지 못하고 우리의 억울함을 세상에 알리기 위해 이 자리에 나오게 되었습니다."

맹꽁이 대표가 억울함을 이야기하는 도중 인간 대표가 맹꽁이의 말을 막고 끼어들었다.

"재판장님, 맹꽁이 대표는 눈물로 여기 모인 분들의 눈을 현혹하려 하고 있습니다. 맹꽁이가 말했듯이 맹꽁이나 개구리나 두꺼비는 양서류입니다. 그러나 양서류라고 해서 같은 양서류는 아닙니다. 인간이 영장류라고 해서 원숭이나 오랑우탄과 같습니까? 마찬가지로 양서류라고 해서 같은 대접을 할 수는 없는 것입니다. 개구리는 귀여운 외모에 민첩한 동작 그리고 항상 인간 곁에 있으면서 운치 있는 노래 소리를 들려줍니다. 그러니 당연히 인간들이 그들을 귀여워하는 것입니다. 그리고 두꺼비를 보십시오. 그 외모는 추하오나 풍채가 범상치 않고 그들의 모성애는 인간에게 귀감이 됩니다. 그리하여 인간들은 그들의 추한 외모에도 불구하고 그들을 영물로 생각하는 것입니다. 그런데 저기 있는 맹꽁이를 보십시오. 항상 느릿느릿하며 짝짓기와 먹이잡이밖에 모르니 인간들이 그들에게서 무엇을 보고 배운단 말입니까?"

인간 대표가 자신들을 변론하자 맹꽁이 대표가 발끈하여 반박하였다.

"뭐요? 우리가 느려터졌고 짝짓기와 먹이잡이밖에 모른다고 했소? 그렇게 보이지만 우리는 절대 그렇지 않소! 인간들을 보시오. 그대들은 항상 무언가에 쫓기어 오도방정을 떨지 않소? 그러나 우리 맹꽁이는 모든 일에 느긋함을 가질 뿐이오. 이것이 그대들이 말하는 군자의 풍모가 아니고 무엇이겠소? 그리고 우리가 짝짓기와 먹이잡이만 한다고 했는데 그도 틀린 소리요. 우린 필요한 먹이를 찾을 때나 아주 짧은 기간 짝짓기 시절 외에는 작은 굴에서 사색을 하며 보내고 있소. 이것이 그대들이 말하는 은둔자적 풍모가 아니고 무엇이겠소?"

맹꽁이의 반박에 인간 대표는 코웃음을 쳤다.

"하하하……. 뭐라고? 맹꽁이 당신들이 군자의 모습이라고? 군자라서 촐싹맞게 맹꽁맹꽁하는 우스꽝스런 울음을 운답니까?"

인간 대표는 맹꽁이의 울음소리로 맹꽁이를 비난하였다.

그러자 맹꽁이 대표는 정색을 하며 인간을 바라보았다.

"우리는 맹꽁맹꽁하고 울지 않소이다."

그 말에 인간 대표는 화를 내며 소리쳤다.

"재판장님, 맹꽁이 대표는 지금 허위 진술을 하고 있습니다. 여기 모인 모든 분들은 분명 맹꽁이가 맹꽁맹꽁하고 운다는 것을 잘 알고 있습니다. 그래서 우리 인간들이 맹꽁이라고 부르는 것인데 여기 있는 맹꽁이 대표는 뻔뻔하게 자신들이 맹꽁맹꽁하고 울지 않는다고 합니다."

그 말에 맹꽁이 대표는 끌끌 혀를 차고는 긴 한숨을 내쉬었다.

"여기 모이신 분들은 분명 저희들이 맹꽁맹꽁하고 우는 소리를 들어보셨을 것입니다. 허나 저희들은 절대 맹꽁맹꽁하고 울지 않습니다. 저희 맹꽁이는 맹맹맹하고 소리를 내는 맹꽁이와 꽁꽁꽁하는 소리를 내는 맹꽁이 두 종류가 있습니다. 그런데 짝짓기 철이 되면 맹맹맹 우는 맹꽁이와 꽁꽁꽁 하고 우는 맹꽁이가 한곳에 모여 사랑의 노래를 부릅니다. 그래서 여러분 들이 들을 때에는 맹꽁맹꽁하고 우는 것처럼 들렸을 것입니다. 그러나 저 희들이 지금 와서 저희의 이름을 맹맹이나 꽁꽁이로 바꾸어 불러달라고 하 는 것은 아닙니다. 저희는 단지 인간들이 우리와 같은 맹꽁이를 다시 만들 지 않기를 바랐을 뿐인데, 지금 인간 대표가 하는 말을 들어보니 인간들에 게 그런 희망을 품는다는 것 자체가 어리석은 짓이었습니다."

맹꽁이 대표는 마지막 변론을 마치고 힘없이 법정을 나섰다.

휴먼 다큐

방송국 교양 제작팀이 모여 새로운 휴먼 다큐멘터리 제작에 관한 토의를 하고 있었다. 이번에 제작할 휴먼 다큐멘터리는 남과 다른 삶을 사는 사람들의 이야기를 잔잔하게 엮어보자는 방향으로 컨셉트가 정해졌다.

제보로 올라온 몇 가지 시안 중 하나를 골라 다큐멘터리로 제작하기로 결론을 내렸다.

여러 사람의 이야기 중 제작팀에게 두 사람의 것이 눈에 띄었다. 한 사람은 여러 번 쫄딱 망했다가 재기를 하여 결국 큰 성공을 이룬 사람이고, 다른 한 사람은 그저 평범하지만 결코 평범하지 않은 사람의 이야기였다.

두 사람의 이야기를 놓고 제작팀은 두 편으로 갈라져 서로 의견을 주고받았지만 이견은 좀처럼 좁혀지지 않았다.

메인 프로듀서는 할 수 없이 두 팀으로 나눠 두 사람을 만나본 뒤 회의를 계속 진행하기로 결정하고는 서둘러 두 팀을 두 사람에게 보냈다.

두 팀은 각각 두 사람을 만나 며칠 동안 숙식을 같이하며 그들의 생활을 관찰하였다. 그리고 며칠 뒤 두 팀은 다시 모여 회의를 시작하였다.

먼저 어려운 역경을 딛고 일어나 큰 성공을 이룬 사람을 만나고 온 팀의 팀장이 말을 꺼냈다.

"우리가 만나고 온 사람은 정말 대단한 사람이었습니다. 정말 그 사람은 범인이 흉내낼 수 없는 대단한 인내력을 가진 사람이고 대단한 용기를 가진 사람입니다. 사업이 무려 일곱 번이나 망했답니다. 그때마다 곤욕을 치르고 어려운 환경에 처했지만 결국 꿋꿋이 다시 일어난 사람입니다. 이렇게 오뚝이처럼 다시 일어날 수 있는 용기를 가진 사람이 세상에 어디 흔합니까? 그러니 이 사람 이야기를 세상에 알려야만 합니다."

성공한 사람을 만나고 온 팀장이 자신 있게 이야기하는 한편 그저 평범하지만 결코 평범하지 않은 사람을 만나고 온 팀장은 시큰둥한 표정으로 말을 꺼냈다.

"우리가 만난 사람은 그야말로 평범한 사람입니다. 생긴 것도 그저 평범한 사람이었는데, 단지 그 사람이 우리와 다른 점은 욕심이 없다는 것입니다. 산골 작은 집에서 사는데 세간살이도 거의 없고 먹는 것도 호사스럽지 않았습니다. 하는 일이 있기는 한데 자신이 먹을 만큼만 벌고 나머지 시간은 산에 오르거나 남들이 산에 버린 쓰레기를 치우면서 하루를 보냅니다. 제가 물었더니 그렇게 사는 것이 행복하다더군요."

메인 프로듀서는 두 사람의 이야기를 듣고 잠시 고민하다 이번 다큐멘터리는 그저 평범한 사람의 이야기를 제작하기로 결정하였다.

그러자 성공한 사람을 만나고 온 팀장이 반박하였다.

"말도 안 됩니다. 성공한 사람의 유익한 인생 이야기를 버려두고 흔하디

흔한 사람의 이야기를 다큐로 만든다니! 전 절대 찬성할 수 없습니다.”

성공한 사람의 이야기를 주장하는 팀장이 거세게 반발하자 메인 프로듀서가 그에게 물었다.

“자네, 만약 자네더러 성공한 그 사람 같은 삶을 살아보라면 그리 살 수 있겠는가?”

그 물음에 팀장은 잠시 고민하다가 곧 대답을 하였다.

“힘들긴 하겠지만 살아볼 만한 가치는 충분하다고 생각합니다.”

또다시 프로듀서가 물었다.

“그렇다면 산골에 사는 범부 같은 삶을 살라면 자네는 그리 살 수가 있겠는가?”

그 물음에 팀장은 펄쩍 뛰며 대답하였다.

“미쳤어요? 제가 그리 구질구질하게 살게!”

그러자 프로듀서는 서류를 챙겨 자리에서 일어나며 말했다.

“난 이 다큐에서 누구나 살 수 있는 삶을 담으려는 것이 아니라 아무도 쉽게 살 수 없는 삶을 담고 싶다네.”

알렉산더는 디오게네스를 부러워했다. 그러나 그가 다시 태어난다고 해도 디오게네스는 될 수 없을 것이다.

　자신의 고향에서 후학을 양성하고 있는 현학자에게 멀리서 벼슬자리를 하고 있는 막역한 벗이 찾아왔다.

　현학자는 뜻밖에 벗의 방문을 받자 반가움에 겨워 손수 닭도 잡고 동리 밖에서 술도 받아와 벗과 함께 술상 앞에 마주앉았다.

　두 사람은 커다란 술동이 거의 비워질 때까지 세상사는 이야기를 나누며 오랜 회포를 풀었다.

　멀리서 찾아온 친구가 현학자에게 물었다.

　"내가 멀리 있긴 하지만, 자네가 훌륭한 동량들을 키우고 있다는 소문은 자주 듣고 있었네. 특히 자네가 키우는 제자들 중 두 젊은이가 매우 총명하고 학문의 깊이가 남다르다고 들었네만. 정말 자넨 나보다 훌륭한 일을 하고 있으이."

　현학자는 친구의 빈 술잔을 채워주며 쑥스러운 표정을 지었다.

"나무가 부실한데도 열매가 실하게 열려주어 난 그저 고마울 뿐이라네."

그 말에 벼슬하는 친구는 큰소리로 웃었다.

"자네가 부실한 나무면 난 벌써 고목일세. 어디 내게 자네가 아끼는 두 열매를 보여줄 수 있겠는가?"

벼슬하는 친구가 현학자의 제자를 보고 싶어하자 현학자는 사람을 시켜 애지중지하는 두 제자를 불러오게 하였다.

잠시 후 두 제자 중 연배가 좀더 많은 제자 혼자, 두 사람이 대작하고 있는 방으로 들어왔다.

그 제자는 첫눈에 보아도 평범한 사람 같지는 않았다.

현학자는 두 제자를 불렀는데 나이든 제자 혼자 나타난 것이 이상하여 제자에게 물었다.

"난 네 아우와 같이 불렀는데 네 아우는 어디 가고 너 혼자 왔느냐?"

스승의 물음에 제자는 당황해하며 바로 고하지를 못하였다.

"제가 아우에게 심부름을 시킨 것이 있어 아우는 지금 저잣거리에 나가 있습니다. 제가 사람을 시켜 아우를 데리고 오라 시켰으니 곧 이리로 올 것입니다."

벼슬을 하는 벗은 그 제자의 품위에 반해 그를 곁에 앉히고 손수 친구의 제자에게 술을 따라주었다.

그때 의관도 제대로 갖추지 못한 나이 어린 제자가 바쁜 걸음으로 세 사람이 있는 방으로 들어왔다.

"네 이놈! 네 몰골이 그게 무엇이더냐! 네 형이 심부름을 보냈다던데 저잣거리에 나가서 무슨 짓을 한 것이냐?"

스승의 꾸지람에 어린 제자는 무릎을 꿇고 스승에게 정직하게 아뢰었다.

“저는 형님의 심부름을 다녀온 것이 아닙니다. 형님께서는 제가 스승님께 꾸지람을 들을까봐 저를 위해 변명을 하신 것 같습니다.”

그 말에 스승은 벌컥 화를 내었다.

“내가 너희에게 늘 정직하라 일렀는데 스승의 눈을 속이더냐? 그래, 넌 네 형의 심부름을 가지 않았으면, 책은 읽지 않고 어디를 쏘다녔기에 그 모양이더냐?”

스승은 짐짓 화를 냈지만 서로를 챙겨주는 두 제자의 모습이 대견하기만 하였다.

“제가 책 읽기를 잠시 멈추고 저잣거리로 나선 것은, 새로운 고을 관리가 법에도 없는 세금을 걷어들인다고 하기에 그것이 부당하다고 고을 관리에게 알리기 위해서였습니다.”

그 말에 스승은 노발대발하며 두 제자에게 매라도 들 기세로 일어섰다. 멀리서 온 벗이 스승을 말리고 난 뒤, 한참 후에야 네 사람은 술자리 앞에 마주앉았다.

멀리서 온 벗은 친구의 두 제자에게 골고루 술잔을 건네주고 학문에 관한 이야기를 물었다.

과연 그 두 제자는 소문대로 학문의 깊이가 헤아리기 어려울 정도였다.

‘청출어람이라더니, 과연 두 동량의 그릇의 크기가 지들 스승의 것을 넘어섰구나.’

이렇게 속으로 생각한 벼슬하는 친구는, 친구의 제자들을 자신의 친자식인 양 옆에 두고 귀여워하였다.

밤이 이슥해지자 두 제자는 스승과 친구 분의 이부자리를 보아드리고 자신들의 처소로 돌아갔다.

162

두 친구는 이부자리에 누워서도 자지 않고 오랫동안 이야기를 나누었다.

"잘 키웠어. 정말 제자들을 잘 키웠으이."

친구의 말에 현학자도 만족한 웃음을 지었다.

"고마운 일이지. 내게 그런 녀석들이 있다는 게 참 고마운 일일세. 이미 그 녀석들은 내 힘에 부쳤네. 그래서 곧 세상으로 내보낼 작정이라네."

벼슬을 하는 친구가 갑자기 정색을 하고 물었다.

"자네는 두 제자 중 누구의 그릇이 더 크다고 보는가? 나는 나이든 녀석이 학문의 깊이도 깊고 마음 씀씀이도 어린 녀석보다 넓다고 생각하는데."

현학자는 친구의 물음에 한참을 뜸을 들이다 대답하였다.

"두 녀석의 학문의 깊이나 생각의 크기는 거의 비슷하다네. 그래서 두 녀석 중 누가 더 큰 동량인가 가리기는 힘이 드네. 그래도 굳이 꼽으라면 난 어린 녀석을 꼽을 걸세."

현학자의 엉뚱한 대답에 벼슬하는 친구가 물었다.

"어린 녀석이 더 큰그릇이라고? 내가 잠시 동안이지만 이야기한 것으로 보아 그릇은 나이든 녀석이 더 커보이던데?"

현학자는 잠시 눈을 지긋이 감았다가 친구에게 말했다.

"아무리 큰 호수라도 소금기가 없으면 바다는 될 수 없다네."

촘스키 교수가 후학들의 **존경**을 받는 것은
그의 깊은 철학적 사상과 변형생성문법이라는 그의 업적 때문만은 아니다.
그가 존경받는 이유는 그가 **행동하는 지식인**이기 때문이다.

특종

A신문사, 늘 특종을 찾아다니는 한 기자에게 제보 전화가 한 통 걸려왔다.

기자는 동물적인 감각으로 이 제보가 특종임을 확신하고 서둘러 카메라와 녹음기를 챙겨들고 제보자를 만나기 위해 약속 장소로 나갔다.

그런데 제보자는 자신의 신분이 밖에 알려지는 것을 무척이나 두려워하여, 여러 번 약속 장소를 변경하였다. 기자는 한적한 한 카페에서 겨우 제보자와 대면할 수 있었다.

제보자는 40대 중년 부인으로 명품 원피스에 명품 구두에 명품 가방에 명품 시계에 또 신분을 위장하기 위해 명품 선글라스를 끼고 있었다.

20여 년 동안 갈고 닦은 기자 특유의 엑스레이 눈으로 그녀를 보았을 때, 기자는 그녀가 명품 팬티와 명품 브래지어를 입고 있다고 확신했다.

중년 부인은 기자에게 먼저 자신이 제보자라는 사실을 절대 외부로 알려지지 않게 한다는 다짐을 단단히 받아두고 천천히 양심 선언을 시작했다.

그녀는 명문가 거물의 아내라고 하였다. 그 이름을 밝힐 순 없지만 이름만 들으면 동네 똥개도 고개를 끄떡일 만큼 유명한 인물이라고 하였다. 그래서 그녀는 남편 덕에 하이클래스들이 비밀리에 만나는 사교 모임의 여왕 노릇을 할 수 있었다고 한다.

그런데 그녀는 요즘 그 모임에 회의를 느끼고 있었다.

그 이유는 사교 모임의 일부 사람들만 아는 사실을 자신이 알아버렸기 때문인데, 그 사실을 다른 사람에게 알리면 자신은 배신자로 낙인찍히고 남편의 명예 또한 실추되기 때문이었다. 하지만 그 사실을 모른 척 넘어가기에는 그녀의 양심이 허락하지 않았다. 그래서 그녀는 며칠 동안이나 자신이 그렇게 좋아하는 쇼핑도 못 하고, 자신이 좋아하는 바다 가재 요리도 못 먹으며 고민하였다고 한다.

그러나 그녀는 외국 유학까지 다녀온 지식인이었다. 지식인으로서 비리를 알고도 침묵하는 것은 도리가 아니기에 그녀는 굳은 결심을 하고 양심 선언을 하기로 결정하였다고 한다.

기자의 눈에도 그녀가 얼마나 고민했는지 알아볼 수 있을 만큼 그녀의 모습은 꺼칠해져 있었다.

기자는 그녀의 용기에 찬사를 보내고는 그녀가 털어놓는 양심 선언을 하나도 놓치지 않고 메모하였다.

제보자는 기자와의 인터뷰를 끝내자마자 남에 눈에 띌까 조심하며 자신이 직접 몰고 온 검은 외제 중형차를 타고 서둘러 사라져버렸다.

제보자가 사라지자 기자는 담배를 한 대 물고 한참을 고민하였다.

제보자가 일러준 사실을 밝히면 사회적 충격이 매우 클 것이라고 생각한 기자는 양심 선언 내용을 그냥 묻어둘까 하다가 사회의 진실을 밝히는 기자의 사명감에 그 기사를 일면 톱으로 내보내기로 결정했다.

그리고 서둘러 신문사로 돌아와, 데스크와 그 일을 상의했다. 다행히 데스크도 그 기사를 일면 톱으로 장식하는 것을 순순히 허락하였다.

다음날 아침, A신문의 일면에는 이런 특종이 실렸다.

〈고위층들이 사용하는 개똥, 그것은 명품 개똥이 아닌 똥개의 똥이었다!〉

세상엔 정말 **특별한 종자**들이 참 많다.

옆집 사는 요리 박사

갓 결혼한 새댁이 있었다. 새댁은 다른 것들은 야무지게 잘하는데 유독 음식 솜씨만은 잼병이라 남편에게 늘 싫은 소리를 듣고 살았다.

그러던 어느 날 새댁에게 기쁜 소식이 들려왔는데, 새댁의 바로 옆집으로 저명한 요리 연구가가 이사온다는 소식이었다. 그 요리 연구가는 대학에 강의도 나가고 TV에 자기 이름을 내건 고정 프로그램이 있을 정도로 매우 유명한 사람이었다.

새댁은 쾌재를 불렀다. 저명한 요리 연구가가 옆집으로 이사오니 그녀에게 요리를 배운다면 자신도 그 못지않은 요리의 대가가 될 수 있을 거라는 생각에서였다.

요리 연구가가 이사오는 날, 새댁은 아침 일찍부터 그녀와 인연을 맺을 목적으로 열심히 이사를 거들었다. 하지만 그날 끝내 요리 연구가의 얼굴은 볼 수 없었다.

그 후 새댁은 며칠 동안 요리 연구가의 집 앞에서 서성여보았지만 역시 그녀의 얼굴을 쉽게 볼 수가 없었다.

그러던 어느 날, 평소처럼 요리 연구가의 집 앞을 서성이던 새댁은 창을 통해 요리 연구가가 주방에서 요리하는 모습을 보았다.

순간 새댁에게 좋은 생각이 떠올랐다.

'요리 연구가를 직접 만나서 요리를 배우는 것도 좋지만 그 분이 요리하는 것을 눈여겨보았다가 그대로 따라하면 될 거야.'

새댁은 다음날 필기 도구를 챙겨 요리 연구가의 집 앞에서 진을 치고 앉아 그녀가 요리하기만을 기다렸다.

다행히 그 소원은 쉽게 이루어졌다.

새댁은 요리 연구가가 요리하는 모습을 소상히 적어 집으로 돌아와서는 그녀가 한 그대로 요리를 만들기 시작하였다.

그날 저녁, 새댁은 자신이 만든 요리를 자랑스럽게 남편 앞에 내놓았다.

새댁의 요리를 본 남편은 이상하게 생긴 요리 모양새에 인상을 찌푸리며 투덜거렸다.

"이것을 나보고 먹으란 말이야? 이런 건 개도 안 먹겠는데……."

남편의 말에 새댁은 발끈 화가 났지만 꾹 참고 남편에게 음식을 권했다.

"일단 한번 먹어봐. 먹어보면 뭐가 다른지 알 거야."

아내의 성화에 남편은 잔뜩 인상을 찌푸리고 숟가락을 들어 요리를 조금 맛보았다.

"이게 무슨 맛이야? 밍밍한 게 도저히 먹을 수가 없잖아?"

남편의 말에 새댁은 벌컥 화를 내며 남편에게 핀잔을 주었다.

"이 화상아! 좋은 맛 나쁜 맛도 구별 못하니 그 모양 그 꼴이지! 그 요리는

옆집 요리 연구가가 가르쳐준 요리라고."

　아내의 말에 남편이 요리를 다시 쳐다보았다. 좀전에는 개밥같이 보이던 요리가 지금은 컬트적인 분위기에 뭔가 다른 프로그레시브한 예술작품처럼 보였다.

　남편은 숟가락을 들어 앞에 놓인 요리를 한 술 푹 떠서 입에 넣었다. 어쩐지 좀전엔 느끼지 못했던 묘한 맛이 느껴지는 것 같았다.

　"역시 대가는 다르군. 생선 꽁지랑, 시래기랑, 고기 덩이도 안 붙어 있는 뼈다귀 같은 천한 재료로도 이렇게 깊은 맛을 낼 수 있다니!"

　남편은 아내에게 앞으로도 좋은 요리를 많이 배우라는 당부와 칭찬을 아끼지 않고, 아내가 만든 요리를 남김없이 먹어치웠다.

　다음날 아침, 남편에게 듬뿍 사랑을 받은 아내가 장을 보러 나가다 우연히 집 앞에서 요리 연구가를 만났다.

　새댁은 반가운 마음에 얼른 허리를 굽혀 인사를 하고 감사함을 전했다.

　"선생님, 감사합니다. 선생님 덕분에 제가 남편한테 칭찬을 들었어요."

　난데없는 감사 인사에 요리 연구가는 멀뚱멀뚱 새댁만 쳐다보았다. 새댁이 계속해서 말했다.

　"어제 선생님께서 요리하시는 모습을 보고 제가 그것을 그대로 만들어 보았거든요. 그런데 남편이 아주 잘 먹더라고요."

　그 말에 요리 연구가는 환한 미소를 지으며 말했다.

　"어머, 남편이라는 댁네 개도 사료를 안 먹던가요? 우리 집 개도 사료를 도통 먹으려 들지 않아 손수 개밥을 끓여줘야 한다니까요, 정말 귀찮아요."

권위에 의해 **비판 없이** 수용된 정보는 그저 **잡동사니**일 뿐이다.

　살인 용의자 A는 강력계 취조실에서 취조를 받고 있었다.

　강력계 형사들이 아무리 집요하게 추궁을 해도 A는 자신의 범죄 사실을 인정하지 않았다.

　형사들과 A의 실랑이에 모두 지쳐갈 때 민완형사 C가 들어와 다른 형사들을 다 내보내고 A와 단둘이 마주앉았다.

　"자, 우리 이러지 말고 좋게, 좋게 풀어보자고. 우리가 어디 자네가 미워서 그러나, 우리가 하는 일이 법을 수행하는 일이라 그러지. 자네 심정은 우리도 이해하네……. 자, 마음 편하게 가지고 담배나 한 대 피우게."

　C는 A가 즐겨피던 담배 한 대를 A에게 권했다. 그러나 A는 담배 연기를 내뱉을 때를 제외하고는 종전과 마찬가지로 입을 꼭 다물고 있었다.

　하지만 C는 A의 반응에는 별 관심이 없었다.

　"이 스커트 본 적 있지? 이 스커트에 묻어 있는 혼탁액을 과수부에 보냈

더니 혼탁액에서 자네 정액이 나왔다더군."

C는 증거물 팩에서 검은 스커트 하나를 꺼내 탁자 위에 올려놓았다.

"이 사진을 보게. 여기 떨어진 혈흔들의 모양이 왕관처럼 퍼져 있는 것 보이지? 이건 다시 말해서 피해자가 저항하지 못했다는 뜻이지. 만약 피해자의 저항이 있었다면 혈흔은 한쪽으로 치우치게 마련이거든……."

C는 사진을 한쪽으로 치우고 A가 자주 입던 바지 한 벌을 꺼내놓았다.

"이 바지를 사건 당일 밤에 세탁소에 맡겼더군. 이 바보 같은 친구야, 우리나라 과학 수사가 얼마나 발달했는지 모르는가? 아무리 혈흔이 희석되어도 현대 과학으로는 그것을 쉽게 찾아낼 수 있다네. 이래도 잡아뗄 텐가? 결론적으로 말해줄까? 자네는 사건 당일 피해자의 집에서 정부인 피해자와 동침을 하고 집으로 돌아오려는데 피해자가 강력히 결혼을 요구하자 홧김에 탁자 위에 있던 과도로 피해자를 살해했어. 자네 부인이 자네와 피해자 사이를 털어놓더군."

C는 책상을 '탁' 치며 자신의 명석한 추리를 A에게 들려주었다.

"……사건 당일, 그 사람과 그 집에 같이 있었던 것은 사실입니다. 하지만 볼일이 있어 잠시 들른 것뿐입니다. 제가 왜 사랑하는 사람을 죽이겠습니까?"

A는 그제야 입을 열었지만 C는 인정하려 들지 않았다.

"잘 보라고, 이 정도 증거면 자네는 유죄를 선고받을 거야. 그러니 이제 그만 실토하지 그래? 내가 잘 봐달라고 위에 보고할 테니."

그 말에 감동받은 A는 C가 불러주는 대로 실토를 하기에 이르렀다.

C는 자신이 추리한 완벽한 진술서를 들고 의기양양하게 취조실을 나섰다. 그때였다.

"반장님, A가 범인이 아닌 것 같습니다."

부하 형사가 취조실을 나서는 C를 발견하고는 급히 달려왔다.

"A는 D동 노파 살인 사건의 진범인 것 같습니다. 노파 살해 사건 발생 시간에 노파 집에 있는 것을 본 목격자가 나왔습니다."

부하 형사의 말에 C는 인상을 구겼다.

그리곤 이렇게 말했다.

"젠장. 그러면 어때! 저놈은 어차피 잔인한 살인범인데."

법이란 그 사람의 행동을 **가늠하는 잣대**이지
그 사람을 벌주기 위한 칼이 아니다.

대형 프로젝트

　어느 가난한 나라에 똑똑하고 열정이 넘치며 또 열정만큼이나 자신의 나라를 사랑하는 한 젊은이가 살고 있었다.

　가난한 나라의 가난한 사람들만 사는 빈민촌에서 태어난 그는 교육은커녕 끼니도 거르기 일쑤였다.

　하지만 그 젊은이는 어려서부터, 대부분의 다른 빈민촌 아이들과 달리 구걸로 배를 채우려 하지 않고 늘 생각하고 늘 무엇을 배우려고 하였다.

　그런 젊은이에게 기회가 찾아왔다.

　선진국에서 온 한 자원 봉사자가 그 젊은이의 열정에 반해 그를 자신의 나라로 데려가 교육시키기로 한 것이다.

　어린 나이에 선진국으로 유학을 간 젊은이는 한시도 책을 손에서 떼지 않을 정도로 열성을 다해 선진국의 문화를 배워나갔다. 궁핍한 환경과 고향 생각 때문에 생활이 힘들었지만 꿈이 있었기에 그는 어려운 역경을 이

겨나갈 수 있었다.

그의 꿈은 선진국에서 배운 많은 지식들을 자기 나라로 가져가 자신의 나라를 선진국만큼이나 잘 살 수 있도록 만드는 것이었다.

어느덧 시간이 흘러 젊은이는 선진국에서도 인정받는 실력자가 되었다. 선진국에서는 아까운 인재를 놓치기 싫어 파격적인 대우를 해주면서까지 자기 나라에 잡아두려고 했지만 젊은이는 자신의 꿈을 이루기 위해 그것을 뿌리치고 고국으로 돌아왔다.

젊은이가 돌아온 그 가난한 나라는 그가 떠날 때와 별반 달라진 것이 없었다.

지독한 가난에 찌든 자신의 모국으로 돌아온 젊은이는 제일 먼저 작은 방을 얻어 뜻있는 젊은 동료들을 모아 선진국에서 배운 여러 가지들을 그들에게 가르쳤다. 그 소문이 온 나라에 퍼지자 전국에서 수많은 젊은이들이 그를 찾아왔고 그는 그들을 모두 받아들여 단단히 교육시켰다.

그렇게 몇 해가 지나자 젊은이는 그 나라에서 가장 유명한 인사가 되었고, 또 몇 해가 지나자 국민들의 염원에 의해 그 나라의 왕이 되었다.

가난한 나라의 왕이 된 그는 자신의 나라를 부강하게 만들기 위해 열심히 일했으며, 특히 나라의 먼 미래를 위해 아이들의 교육에 열정을 다했다.

왕의 열정 덕에 나라는 차츰 경제 사정이 좋아졌으며 그만큼 국민들은 그를 믿고 따랐다.

나라의 경제 사정이 어느 정도 좋아지자 왕은 선진국에서 공부할 때부터 계획해온 대형 프로젝트의 진행을 서둘렀다.

대형 프로젝트란 인터넷 망을 통해 국민들을 교육시키고, 그 인재들을 다른 나라에 보내 일하게 하는 것이었다. 별다른 자원이 없는 나라에서 돈

을 벌 수 있으려면 인재를 수출하는 방법이 최고라고 생각한 왕은 선진국의 앞선 기술을 받아들이기로 한 것이다.

그러기 위해서는 엄청나게 많은 돈이 들어야 하기에 신하들의 반대가 있었지만 반대에도 불구하고 왕은 프로젝트를 추진하기 시작했다.

어마어마한 자금을 해외에서 차관하여 온라인 인프라를 구축하고, 인터넷 교육을 할 수 있는 프로그램을 만들고, 외국과 합작하여 인재 관리 시스템을 구축하였다. 그리고 오랜 시간과 많은 돈이 소요되고 나서야 왕의 프로젝트가 완성되었다.

프로젝트가 완성되자 왕은 이를 경축하기 위해 인터넷으로 모든 국민들에게 이 사정을 알리고 국민의 이야기를 들어보기로 하였다.

그런데 자축 연설을 하는 동안 일부 국민들을 제외하곤 대부분의 국민이 인터넷에 접속하지 않는 것을 알게 되었다.

이상하게 여긴 왕이 한 신하에게 물었다.

"아니, 이 기쁜 날 왜 국민들은 나와 함께 기뻐하지 않는 것이오? 홍보를 제대로 하지 않은 것 아니오?"

그러자 신하는 얼굴을 제대로 들지 못하고 대답하였다.

"홍보는 제대로 하였는데……, 대다수의 국민이 컴퓨터가 없어 인터넷에 접속할 수 없습니다."

그 말을 들은 왕은 얼굴이 붉어지는 것을 느꼈지만 다시 명령하였다.

"아, 내가 그것을 잠시 잊었군! 국민들에게 싸게 컴퓨터를 보급할 방법을 찾아보시오."

그러자 신하는 고개를 끄떡이고 다시 대답하였다.

"컴퓨터를 보급하는 데는 엄청난 돈이 들고…… 또 대다수의 가정에 전기가 들어가지 않기 때문에 인터넷에 접속하기는 힘들 겁니다."

왕의 얼굴은 더욱 붉어졌다. 그는 또다시 명령하였다.

"아하, 내가 그것도 잊었소! 차관을 더 들여오는 한이 있더라도 각 가정마다 전기가 들어가도록 하시오."

그러자 고개를 숙이고만 있던 신하가 얼굴을 번쩍 들고 따지듯 말했다.

"발전소가 한 군데밖에 없는 나라에서 각 가정에 전기줄만 이어놓으면 전기는 도대체 어디서 충당하란 말씀이십니까?"

계획과 **정책**은 미래를 바라보고 설계하되
현실을 **바탕**으로 하여야 할 것이다.

개

　P씨는 가난한 시인이다.

　젊어서 모 신문사의 신춘문예를 통해 등단한 그는 여러 동인지를 통해 꾸준히 작품을 발표하였고, 문단에서도 인정받는 중견 시인이었다.

　그는 여러 권의 시집도 출간하였는데 그의 시가 감성적이지 않고 사회 비판적인 내용을 담고 있는 난해한 시라, 일부 독자들만이 그의 시집을 찾을 뿐 찾는 이는 많지 않았다.

　P씨는 시만 써서 처자식을 먹여 살릴 수 없었고, 그래서 P씨의 가정은 늘 곤궁하였다.

　지지리도 가난한 P씨를 안타깝게 여긴, 출판사를 운영하는 한 지인이 P씨에게 일자리를 마련해주었지만 P씨는 일자리가 있는 대도시로 당장 옮겨올 수가 없었다. 왜냐하면 지금 P씨네는 고향의 빈집을 빌려 사는 형편이었고, 도시에 가려면 집을 마련해야 하는데 그의 가정엔 그럴 만한 돈도 없었던 것이다.

그런 P씨에게 한 고향 친구가 찾아왔다.

"아니, 그런 사정이 있었나? 그럼 내게 진작 사정 이야기를 하지. 자네도 알 듯 난 어릴 적에 공부는 못했지만 대도시에 나가 기반을 닦지 않았나? 그 덕에 이제 고래등만 한 집을 한 채 장만했네. 내가 사는 집에 방 하나를 내줄 테니 자네 그리로 이사와 살게나. 집세는 안 받을 것이니."

P씨는 친구의 고마운 제안에 눈시울이 뜨거워졌다.

"정말 그래줄 텐가? 자네가 그렇게만 해준다면 우리 식구는 이제 살았네. 내 당장은 집세를 못 내지만 출판사에 다니면서 자리가 좀 잡히면 집세를 내겠네."

P씨가 눈물까지 글썽이자 친구는 P씨의 손을 덥석 잡았다.

"아니! 집세는 무슨 집세, 그 돈 모아서 자네 집이나 장만하게. 그때까지는 자네 집처럼 편안한 마음으로 살게나."

P씨는 자기를 친동기처럼 생각해주는 친구가 고마워 더이상 생각할 것도 없이 친구네 집 별채로 이사를 했다. 그리고 P씨는 출판사로 출근하며 새로운 환경의 생활에 적응하였고, 자신을 친동기처럼 보살펴주는 친구의 가족들과도 친하게 지냈다.

그러던 어느 날 P씨가 퇴근해 집에 들어왔는데 아내가 못 보던 옷을 다리고 있었다.

"못 보던 옷인데, 누구 옷을 다리고 있는 거요?"

P씨의 아내는 남편을 보자 다리던 옷을 얼른 한구석으로 치워버렸다.

"아니, 이 옷은 안집 친구 옷이 아니오? 이 옷을 왜 당신이 다리고 있는 거요? 친구가 당신에게 이걸 다려달라고 한 거요?"

178

　P씨는 그 옷이 친구의 집안 것임을 알자 은근히 부아가 치밀었다. 그러고
보니 요즘 아내가 친구네 집 일을 자주 돕는 것이 생각났다.

　'이웃끼리니까⋯⋯' 라는 생각도 했지만 친구 부인은 자신의 집 일을 돕
기는커녕 한 번 다녀간 적도 없었다.

　화가 난 P씨는 아내의 만류에도 불구하고 아내가 다리고 있던 친구 집의
옷을 들고 친구를 찾아갔다.

　"이보게, 이 옷은 자네 가족 옷이 아닌가? 무슨 사정으로 내 아내가 자네
집 옷을 다리는지 모르지만 다음부턴 이런 일이 없었으면 하네."

　P씨가 퉁명스럽게 이야기했지만 친구는 미안한 낯빛으로 웃어보였다.

　"자네가 무슨 오해를 하고 있나보이? 제수씨가 우리 안사람 힘들다고 일
을 거들어준 것인데 자네가 그걸 오해한 것 같네."

　친구는 미안한 척 말은 했지만 그의 눈은 몇 푼의 값어치도 없는 가난한
시인의 자존심을 비웃고 있었다.

　P씨는 그날 이후 친구와 전처럼 살갑게 이야기를 나눌 수 없었다.

　그러던 어느 날 P씨는 퇴근하는 길에 집 앞에서 서성이는 큰딸아이를 보
았다.

　"아니, 너 집에 안 들어가고 뭐하는 게냐?"

　P씨의 큰딸은 대답 대신 아버지 품에 안겨 울음을 터뜨렸다.

　"왜 우니, 무슨 일 있었어?"

　P씨가 일단 우는 딸을 보듬어 안고 대문을 들어서는데, 친구의 집에서 기
르는 도베르만 한 마리가 큰 소리로 짖어댔다.

　"저 놈의 개새끼가 미쳤나? 한 집 식구를 몰라보고 짖어대다니!"

　P씨는 평소엔 꼬리치며 반기던 개가 무섭게 짖자 화가 나 윽박질렀지만,

개는 그럴수록 당장 달려들어 물기라도 할 듯이 더 큰 소리로 짖었다.

P씨는 개의 그러한 변화에 씩씩거리며 집으로 들어와 딸아이에게 사정을 물었다.

P씨는 친구와의 다툼이 있은 후부터 개가 아내와 아이들만 보면 달려들 듯 짖는다는 소리를 듣고 부리나케 친구를 찾아가 따지기 시작했다.

"이보게, 잠깐 나와보게! 저놈의 개새끼가 우리 가족을 보면 짖는다는데, 대체 어찌된 일인가."

P씨가 상기된 얼굴로 따지는데도 친구는 천연덕스럽게 개를 쓰다듬으며 P씨를 바라보았다.

"낸들 아나? 아무리 가족 같은 개라고 하나 사람이 개 속마음까지 어떻게 알겠는가? 내가 이놈에게 몇 번이나 짖지 말라고 하였는데 글쎄, 이놈이 말을 듣지 않네! 그렇다고 자네 가족 때문에 가족 같은 개를 버릴 순 없지 않나? 단단히 묶어두었고 또 설사 무슨 일이 있더라도 광견병 주사를 맞혔으니 큰일은 없을 걸세."

친구의 황당한 대답에 P씨는 대꾸도 못하고 집으로 돌아와야 했다.

그날 이후 P씨는 짖는 개에게 꾸짖어도 보고 몽둥이를 들어 으름장도 놓아보았지만 그럴수록 개는 P씨의 가족에게 더욱 무섭게 짖어댔다.

개의 위협이 계속되다가도 P씨의 아내가 친구의 집안 일을 돕는 날이면 개는 온순한 강아지처럼 굴었다.

P씨도 처음에는 아내에게 싫은 소리를 했지만 아이들 안전 때문에, 아내가 하는 대로 보고 있을 수밖에 없었다.

그런 상황에 화가 난 P씨는 매일 핑곗거리를 만들어 아이들이 잠든 후에나 귀가하곤 했다.

"자네, 요즘 무슨 일 있는가? 왜 집에 일찍 들어갈 생각을 안 해?"

P씨와 같이 일하는 동료가 P씨의 요즘 행동이 이상하다며 넌지시 물었지만 P씨는 힘없이 맥주 잔만 들이켰다.

"부인과 싸운 모양이군. 부부 싸움은 칼로 물 베기라고 하지 않는가? 내가 자네 아이들 좋아하는 통닭 좀 사줄 터이니 오늘은 일찍 들어가 부인과 화해하게."

P씨의 마음도 모르고 친구는 통닭을 안겨주며 일찍 집으로 보냈다.

얼큰하게 취해 통닭을 들고 대문을 들어오는 P씨를 보자 개는 동네가 떠나갈 듯 짖기 시작했다. P씨는 한참 동안 멍하니 서서 짖는 개를 보고 있다가 자신의 손에 들려 있는 통닭을 개 앞에 조용히 내려놓고 축 처진 어깨를 한 채 자신의 집으로 들어갔다.

그런 P씨의 모습을 친구는 창가에 서서 만족스런 표정으로 쳐다보고 있었다.

우린 과거 **수많은 개**들에게 길들여져왔고 그럴 때면 수많은 P씨가 어깨를 늘어뜨려야 했다.
과연 그 개들의 짖는 소리 멈춘 것인가?

허풍쟁이의 꿈

어느 나라에 누가 제일 허풍을 잘 떠는가를 겨루는 재미있는 대회가 열렸다. 그 대회는 해마다 열리며, 우승자에게는 상당한 우승 상금이 주어지기 때문에 대회 시기가 되면 각 나라의 수많은 허풍쟁이들이 그 대회에 참가하기 위해 몰려들곤 했다.

그런데 그 대회에 문제가 생겼다. 지금껏 대회 우승자는 대회 관람자들의 반응과 여러 심사위원의 심사 점수를 종합해서 뽑았는데, 한 심사위원이 부정 행위로 엉뚱한 사람을 우승자로 만들어준 것이 발각된 것이다.

그리하여 오랜 전통의 허풍쟁이 콘테스트는 존폐의 기로에 놓여 있었으나 다행히도 한 발명가가 허풍을 수치로 나타낼 수 있는 장치를 개발한 덕에 공정한 대회로 다시 태어날 수 있었다.

허풍을 수치로 나타내는 기계가 대회에 등장하는 첫 해, 허풍이 공정하게 평가된다는 소식이 알려지자 세계 각지에서 허풍의 대가들이 대회장으로 몰려들었다.

대회는 성황리에 시작되었고 드디어 대회 시작을 알리는 타종 소리와 함께 올해의 허풍 주제가 대회장에 걸렸다.

올해의 허풍 주제는 〈난 미래에 무엇이 될 것이다〉라는 것이었다.

수많은 참가자들은 대회장에 걸린 주제를 보고는 각자 최대한의 상상력을 발휘하여 허풍을 생각하기 시작하였다.

드디어 첫 번째 참가자가 단상에 올라가 허풍을 떨기 시작하였다. 그는 여러 번 수상 경험이 있는 의학 박사였다.

"전 얼마 전에 오십 번째 아내와 사별하였습니다."

그러자 그곳에 모인 사람들이 환호성을 올렸다.

"오십 번째 아내라고 해서, 제가 아내를 여럿 두기를 좋아한다는 것을 의미하지는 않습니다. 제가 그렇게 많은 수의 아내들과 사별한 것은, 아내들이 하나같이 수명이 짧았기 때문입니다. 글쎄, 마지막으로 나와 사별한 아내는 80세까지 밖에 못 살더군요. 저에게는 집안 대대로 내려오는 묘약이 있어 늙지도 죽지도 않는데 나와 결혼하는 사람들은 그렇지 못하여 그렇게 많은 아내를 두게 된 것입니다."

의학 박사의 허풍에 모여 있던 남성들은 환호성을 지르고 여성들은 야유를 보냈으나 그는 끝까지 허풍을 떨었다.

"저는 집안 대대로 내려오는 그 묘약을 혼자 먹기 미안하여, 지금 그 묘약의 성분을 분석중이며 곧 대량 생산할 예정입니다. 그 묘약의 생산이 시작되면 이 세상 모든 남성들은 절대 늙지도 병들지도 않고 저처럼 수많은 아내와 사별할 때가 올 것입니다."

첫 번째 참가자는 남성들의 환호 속에 단상을 내려와 자신의 허풍 점수를 확인하려고 초조하게 기다렸다. 그러나 계기판에 찍힌 점수는 매우 낮았다.

뒤이어 작년에 우승을 한 두 번째 참가자가 당당하게 단상에 올라가 허풍을 떨기 시작하였다.

"작년에 여러분께 제가 재배한 커다란 호박 이야기를 들려드렸는데, 혹시 기억하십니까? 그 호박이 얼마나 컸던지 그 호박 속을 긁은 것으로 옆나라 가난한 이웃들을 일 년이나 먹여 살렸고, 이젠 그 호박 껍질 안에 집을 지어 일만 명의 집 없는 사람들과 같이 살고 있습니다. 올해도 호박을 키우려고 했는데 그 호박의 씨가 너무 커서, 그 씨를 묻으려면 포크레인으로 육 개월 간 쉬지 않고 땅을 파야 하기에 올해는 호박을 심지 않고 대신 다른 것을 심었습니다."

두 번째 참가자는 허풍을 떨다 잠시 바지 주머니를 뒤적거려 동전 몇 개와 지폐 몇 장을 단상 위에 올려놓았다.

"여기 있는 것이 올해 제가 돈나무를 심어 재배한 돈들입니다. 돈나무는 그동안 몰래 재배되던 것인데 우연히 그 묘목을 얻어 심었더니 적지 않은 돈이 열렸습니다. 그래서 전 앞으로 이 돈나무의 묘목을 많이 만들어내 가난한 사람들에게 나누어줄 것입니다."

두 번째 참가자는 사람들의 박수와 함께 단상에 내려와 허풍 점수를 확인했지만 그의 점수도 그리 높지 않았다.

다음은 멀리 이국에서 온 허풍쟁이가 단상에 올라가 허풍을 떨었다.

"제가 이 나라에 와서 제일 이상하게 생각한 것이 무엇인지 아십니까? 이 나라에서는 아직 여자들만 임신을 한다는 것입니다. 나는 그 모습을 보고 많이 실망했습니다. 아니, 이 나라에는 아직도 남녀 차별이 남아 있구나! 여

자들만 임신을 하다니! 우리나라에서는 오래 전부터 남녀가 결혼을 하면 가위바위보를 해서 누가 임신을 할 것인가 정하고 임신을 합니다.”

이국에서 온 참가자는 남산만 한 자신의 배를 꺼내보이며 허풍을 떨었다.

“보세요, 전 남자지만 벌써 네 번째 아이를 임신하였습니다. 제가 곧 이 나라 여성들을 위해 남자가 임신할 수 있는 묘법을 전해드리겠습니다.”

그의 허풍에 수많은 여성들이 환호성을 올렸지만 그의 허풍 점수도 그리 높지 않았다.

그렇게 허풍의 대가들이 허풍을 겨루고 마지막으로 올해 허풍 콘테스트에 처음 참가하는 어린 참가자가 단상에 올랐다.

“저에게는 꿈이 하나 있습니다. 돈을 많이 벌고, 유명해지고, 또는 권력을 많이 가지는 그런 꿈이 아닙니다. 제 꿈은 단지 보잘것없이 약한 힘이지만 이 세상을 조금이라도 행복한 세상으로 만드는 것입니다.”

어린 참가자의 짧은 허풍에 주위 반응은 썰렁했지만 허풍을 채점하는 계기판엔 허풍 점수 만점이 기록되었다.

젊은이여, **야망**을 가져라.
당신들은 이 세상을 살기 **좋은 세상**으로 만들고도
남음이 있다.

두 라이벌

　어느 마을에 같은 날에 태어나 같이 자란 두 친구가 있었다. 한 사람은 대지주의 아들이었고 다른 한 사람은 그 지주의 땅을 빌려 농사를 짓는 소작인의 아들이었다.

　그러한 차이에도 불구하고 두 사람은 서로 잠시도 떨어질 수 없는 절친한 친구 사이였다. 그러나 두 친구는 우정은 돈독하였지만 경쟁에 있어서는 한 치의 양보도 없는 라이벌이었다.

　두 사람 모두 머리가 뛰어나 학창 시절 내내 같은 학교를 다니며 서로 번갈아가며 1, 2등을 하였다.

　그러나 두 사람은 대학 입학을 앞두고 헤어질 수밖에 없었다. 가난한 소작인의 아들은 장학금을 받고 한 지방 대학에 입학하였지만 또다른 친구는 아버지의 입김으로 외국 유명 대학으로 유학을 가게 된 것이다.

　헤어지기 전날 두 친구는 서로 최선을 다하여 같은 곳에서 일하기로 약

속을 하고 헤어졌다.

그렇게 몇 년이 흐른 뒤 유학을 다녀온 친구가 고향으로 돌아왔다.

몇 년 간 떨어져 있었던 두 친구는 술자리를 같이하며 오랜만에 회포를 풀었다.

"난 유학 가 있는 동안 마케팅과 광고를 공부했어. 그동안 선진국에서 배운 최신 광고 기법과 마케팅 기법을 국내에서 펼쳐보일 생각이라네."

유학을 다녀온 친구가 자신의 포부를 이야기하자 듣고 있던 다른 친구도 자신의 포부를 이야기하였다.

"나도 자네처럼 마케팅과 광고를 공부했다네. 나도 내가 배운 것들을 마음껏 펼쳐보고 싶어. 이번에 국내 최고의 광고 회사에서 신입 사원을 뽑는다는데, 우리 둘 다 그 회사에 들어가서 예전처럼 서로 경쟁하며 꿈을 펼쳐보는 것이 어떻겠는가?"

친구의 제안에 유학을 다녀온 친구도 기쁜 마음으로 동의하였다.

두 친구는 같은 광고 회사에 입사 원서를 내고 둘 다 무난히 서류 전형에 합격한 뒤 1차 필기 시험과 2차 적성 시험을 우수한 성적으로 통과하였다. 그리고 두 친구는 외부에 알려지지 않은 마지막 입사 시험을 치르기 위하여 나란히 시험장으로 들어갔다.

시험장은 넓은 방 안에 의자 몇 개만 덩그러니 놓여 있었고, 가슴팍에 수험번호를 단 몇 사람만이 의자에 앉아 있었다. 두 친구도 빈 의자에 앉아 마지막 입사 시험을 기다렸다.

그러나 시험은 곧 시작되지 않았고 시험이 빨리 시작되지 않자 수험생들은 술렁이기 시작하였다. 그렇게 지루하고 초조한 시간이 흐른 뒤 세 사람이 시험장으로 들어왔다.

시험장으로 들어온 세 사람 중 한 사람은 나이든 중년의 사내였고, 한 사람은 아주 젊고 패션 감각이 뛰어난 여성이었으며, 다른 한 사람은 젊고 잘생긴 남성이었다.

젊고 잘생긴 남성이 수험생들에게 〈내가 바라는 미래의 광고 회사에 관하여 논하시오〉라는 문제가 적힌 시험지를 나누어주고 주의 사항을 이야기했다.

"이 시험지에 여러분이 바라는 우리 회사의 미래 모습을 적어주십시오. 시험 시간은 한 시간이며, 다 쓰신 분은 회장님께 그 시험지를 제출하시면 됩니다."

젊고 잘생긴 남성은 다른 두 사람과 함께 시험장 한쪽 구석에 마련되어 있는 자리에 앉았다.

두 친구는 다른 수험생들과 함께 자신이 바라는 미래의 광고 회사에 관하여 열심히 적어나갔다. 어느덧 시험 시간 한 시간이 가까워오자 답안지를 작성한 사람들이 하나 둘씩 일어나 세 사람 중 가운데에 앉아 있는 중년 사내에게 제출하였다.

유학을 다녀온 친구도 시험지에 빽빽하게 답안을 작성하여 중년의 사내에게 제출하였고 소작농의 아들도 수험생 중 제일 마지막으로 시험지를 제출하였다.

그런데 그는 중년 사내에게 시험지를 제출하지 않고 그 옆에 앉아 있는 젊은 여성에게 제출하였다.

그 모습을 본 다른 수험생들이 키득거리며 웃었다.

마지막 시험을 무사히 치른 두 친구는 나란히 시험장 밖으로 나와 시험 결과를 기다렸다.

188

"그런데 자네는 왜 회장님께 시험지를 제출하지 않고 옆에 있는 여자에게 제출한 겐가?"

유학을 다녀온 친구가 묻자 다른 친구는 빙그레 웃으며 반문하였다.

"자네는 회장님을 직접 보거나 아님 사진이라도 본 적이 있는가?"

그 물음에 유학을 다녀온 친구는 어이없다는 듯이 대답하였다.

"아니, 회장님 얼굴은 나도 모르네. 하지만 이처럼 큰 회사를 이끌 사람은 나이 지긋한 사람이 아니겠나? 그럼 자넨, 젊은 여자가 회장님이라고 생각한 겐가?"

비웃는 듯한 친구의 물음에 다른 친구는 고개를 내저으며 대답했다.

"아니, 나도 그 여자가 회장이라고는 생각하지 않네. 하지만 광고란 젊고, 감각이 있어야 하고, 어떠한 고정관념도 없어야 한다고 생각하네. 그래서 필시 세 사람 중엔 회장이 없으리라고 생각했지. 회장님께 제출하란 말은 그러한 광고인의 기질을 가진 사람을 찾으란 말로 해석해서 난 젊고 감각이 뛰어나며 그리고 꼭 남성이 회장이 되어야 한다는 고정관념을 깬 여성에게 내 답안지를 제출한 것일세."

과연 그 친구의 대답처럼 그 세 사람 속에 회장은 없었고, 그 친구는 가장 우수한 성적으로 그 회사에 입사하였다.

고정관념이나 편견처럼 사람의
사고를 제한하는 것도 없다.

　고아로 자라 오랫동안 남의 식당 허드렛일을 거들며 요리를 배운 한 젊은이가 있었다. 그는 얼마 후 독립하여 작은 포장마차를 시작하였다.

　그 포장마차는 규모도 작은데다 후미진 곳에 있어 찾는 이가 거의 없었다. 젊은이가 버는 돈으로는 아내와 어린 자식의 끼니도 제때 해결할 수 없는 형편이었다. 그러나 그는 언젠가는 꼭 성공하리라는 희망을 가지고 하루도 거르지 않고 포장마차 문을 열었다.

　그러던 어느 날 포장마차에 허름한 복장의 사내가 찾아와 따뜻한 국수를 주문하였다.

　젊은이는 손님의 모습이 딱해보여 다른 때보다 국수를 듬뿍 말아 손님에게 내놓았고, 손님은 아끼고 아끼며 천천히 국수 한 그릇을 다 비웠다.

　"한 그릇 더 드릴까요?"

　젊은이는 자신이 만든 음식을 맛있게 먹어준 손님이 고마워 그렇게 물었

지만 손님은 웃으며 고개를 저었다.

"참 맛있게 잘 먹었습니다. 내 생전 이렇게 맛있는 국수는 처음 먹어보았습니다. 이렇게 맛있는 국수를 먹게 해주셔서 감사합니다."

손님은 진심으로 잘 먹었다는 말을 하고는 주머니에서 동전까지 톡톡 털어 국수 값을 셈하고 가버렸다.

그 후로도 그 손님은 여전히 허름한 차림으로 포장마차를 자주 찾아와 국수를 주문하였으며, 젊은이도 그 손님에겐 늘 푸짐한 국수를 내놓았다.

그렇게 시간이 흘러 젊은이는 국수 가게를 차릴 정도가 되었고, 가난한 단골손님도 꾸준히 그 가게에 들러 국수를 먹고 가곤 했다.

젊은이의 국수 가게가 사람들에게 알려질 즈음 국수 가게에 가난한 단골손님이 다시 찾아왔다.

젊은이는 그를 반갑게 맞이하며 정성스럽게 국수를 말아 내놓았다.

"무슨 일 있으십니까? 안색이 안 좋아보이시네요."

젊은이는 이제는 허물없는 사이가 된 가난한 단골손님에게 물었다.

"이 맛있는 국수도 이젠 더 맛볼 수 없겠네요. 아내가 아파서 먼 곳으로 이사를 가게 되었으니, 언제 다시 이 맛있는 국수를 맛볼 수 있을는지……."

단골손님은 끝까지 말도 못 잇고 눈물을 글썽이며 천천히 국수만 먹었고, 젊은이도 그저 옆에서 손님이 맛있게 먹는 모습만 쳐다볼 뿐 아무 말도 건네지 않았다.

그 후론 단골손님은 정말 국수 가게에 오지 않았고 젊은이의 기억 속에서 천천히 잊혀갔다.

한참 시간이 흘러 그 젊은이의 국수 가게는 나라에서 가장 유명한 국수집이 되었고, 이제 백발이 되어버린 젊은이는 가게를 자식에게 물려주고 소일을 하며 보냈다.

자식들이 물려받은 국수 가게는 번창하고 번창하여, 몇 층짜리 건물을 통째로 식당으로 쓰는데도 몰려드는 손님 때문에 눈코 뜰 새가 없었다.

그러던 어느 날, 가게 한구석에서 소동이 일어났다.

"아버지, 왜 이러세요. 참으세요, 아버지!"

국수를 먹던 부자가 갑자기 실랑이를 벌이는 것이었다.

"이건 이 집 국수가 아니야. 이 집 주인 불러봐!"

아들의 만류에도 불구하고 노인이 고함을 치며 국수집 주인을 찾자 젊은 주인이 얼른 다가가 노인에게 물었다.

"아니 손님, 무슨 일이시죠?"

그 물음에 답을 한 사람은 노인의 아들이었다.

"저희 아버지께서 많이 편찮으십니다. 돌아가시기 전에 꼭 이 집 국수가 먹고 싶다고 하시기에 모셔왔는데 예전의 그 맛이 아니라고 하시네요. 죄송합니다. 곧 아버지를 모시고 나가겠습니다."

노인의 아들이 노인을 부축하고 일어서려 하자 젊은 사장 뒤에 서 있던 나이 지긋한 사람이 물었다.

"어르신께서는 예전에 저희 식당의 국수를 드셔보셨답니까?"

"네, 아버지께서 젊은 시절에 이 식당에서 자주 국수를 드셨다고 하셨습니다."

아들의 대답에 그는 고개를 끄떡이고는 젓가락을 들어 노인이 먹던 국수 한 가닥을 입에 넣어보았다. 그리고는 당장 그것을 바닥에 뱉어버렸다.

그는 젊은 사장에게 버럭 화를 내며 물었다.

"이 국수의 면은 언제 뽑았더냐?"

젊은 사장은 당황하며 작은 소리로 대답했다.

"아침에 면을 너무 많이 삶아서……."

사장의 대답에 그는 무서운 눈으로 젊은 사장을 노려보았다. 그리고는 정색을 하며 노인을 모시고 온 아들에게 말을 건넸다.

"젊은이, 내가 다시 국수를 만들어올 테니 아버지를 모시고 잠시 기다리세요."

그 말을 남긴 채 나이 지긋한 사람은 손수 앞치마를 두르고 주방에 들어갔다. 잠시 후 그는 푸짐한 국수 한 그릇을 들고 나타났다.

"손님, 이 국수를 드셔보세요. 예전의 그 맛 그대로일 겁니다."

노인은 천천히 젓가락을 들어 국수를 먹기 시작하였다. 그리고는 눈가에 눈물까지 글썽이며 아들에게 말했다.

"너도 먹어보거라. 이것이 이 세상에서 가장 맛있는 국수란다."

그러자 나이 지긋한 사람이 국수를 맛있게 먹는 노인 옆에 앉아 그가 먹는 모습을 지켜보았다.

"참 오랜만에 오셨군요. 부인의 병환은 다 나으셨어요? 죄송합니다. 제 아들놈이 돈에 눈이 멀어 원칙을 잠시 잊었나봅니다."

원칙이란 어떠한 상황에서도 변하지 않는 **불변**의 **것**이다.

부자가 된 거지

　어느 나라에 태어날 때부터 가난하게 태어나 평생 빌어먹고 살아온 거지가 있었다. 그는 거지의 자식으로 태어나 거지로 자랐기에 빌어먹고 사는 것을 자신의 숙명으로 알고 살았다.

　그래서 그 거지는 항상 느긋한 마음으로 여기 저기를 떠돌아다니며 자신이 필요한 만큼만 구걸하며 살아가고 있었는데, 어느 해 그 나라에 큰 흉년이 들어 거지도 끼니를 구걸하기 매우 힘이 들었다.

　며칠을 굶은 거지는 아무리 흉년이 들어도 부잣집에서는 먹을 것을 나누어줄 것이라고 생각하고는 돈이 많기로 소문난 한 부자의 집으로 구걸을 하기 위해 찾아갔다.

　거지는 무작정 그 문을 두드리며 사정하기 시작했다.

　"나으리, 며칠을 굶었습니다. 제발 저에게 식은밥 한 덩어리만 적선하십시오."

문 앞에서 꾀죄죄한 행색의 거지가 푸념 섞인 구걸을 하자 하인이 얼른 밖으로 나오더니 거지를 나무랐다.

"염치없는 거지 녀석아, 저리 물러나거라! 지금 이 집에 무슨 일이 일어났는지 알고 식전바람부터 구걸을 하러 온 게야? 썩 물러나거라!"

하인은 당장이라도 거지를 칠 기세로 버럭 소리를 질렀다.

"나으리, 며칠 간 굶어서 그러하옵니다. 제발 찬밥 한 덩어리만 적선해 주십시오."

거지는 하인의 냉대에도 불구하고 그 소매 자락을 붙잡고 늘어졌다. 그러자 하인은 들고 있던 몽둥이로 거지를 때리며 크게 소리쳤다.

"네 녀석이 물고가 나야 내 말을 알아듣겠구나. 이 집 도련님께서 임금님께 바칠 비단 천 필을 잃어버렸다. 내일까지 비단을 구하지 못하면 큰 벌을 당할 형편인데, 네놈이 이런 집에 와서 구걸을 해! 에라, 이 도리도 모르는 거렁뱅이야, 어디 배부르게 몽둥이 찜질이나 당해봐라."

거지는 모질게 얻어맞기만 한 채 다시 거리를 떠돌며 구걸을 하였다.

그러나 거지는 밥 한 톨 구하지 못하고 떠돌다가 어느 큰 상인의 집에 이르러 문을 두드리며 다시 구걸을 하였다.

"어르신, 며칠을 굶었습니다. 제발 찬밥 한 덩이만 적선하십시오."

거지가 상인의 집 문을 두드리며 적선을 청하자 덩치가 산만 한 상인 집 하인이 부지깽이를 들고 나와 거지를 보자마자 두드려패기 시작했다.

"이런 염치라곤 벼룩 낯짝만큼도 없는 녀석아! 지금 이 집에 사단이 났는데 여기 와서 구걸을 해? 오냐, 밥 달란 소리가 나오지 않을 만큼만 맞아봐라, 이놈아!"

하인은 거지가 살려달라며 매달려도 사정없이 거지를 두들겨팼다.

"아무리 거지라지만 이 집 도련님이 뱀에 물려 사경을 헤매고 있어 모두가 시름에 잠겨 있는데 무슨 심보로 이 집에 와서 구걸을 하는 게야!"

하인은 지칠 때까지 거지를 흠씬 때리고는 쓰러진 거지를 내버려둔 채 집 안으로 들어가버렸다.

거지는 너무 맞아 간신히 발걸음만 떼어놓을 수 있을 정도였다.

만신창이가 된 거지는 주린 배를 붙잡고 기듯이 걸어, 약초를 캐어 겨우 먹고사는 가난한 약초꾼 마을에 이르렀다. 그러나 거지는 한 가난한 약초꾼 집 앞에 쓰러져 그만 정신을 잃고 말았다.

"이제 괜찮으시오?"

거지가 겨우 정신을 차리자 병색이 완연한 노인이 거지를 보며 물었다.

"누가 이리도 모질게 때렸소? 온몸이 상처투성입디다. 내가 상처에 잘 듣는 약초를 발라두었으니 며칠 지나면 나을 거요."

자상한 노인의 말에 거지는 복받쳐오르는 감정을 이기지 못하고 눈물만 흘리고 있었다.

"댁도 딱한 사정이 있나보구랴. 우리도 흉년 때문에 하루 한 끼 겨우 풀죽으로 연명하며 살고 있다오. 과년한 딸이 있는데 너무 가난해 결혼도 못시키고 있으니……."

병든 노인의 눈에도 눈물이 가득 고였다.

거지가 노인에게 감사하단 말을 남기고 노인의 집을 나오는데 곱게 생긴 노인의 딸이 거지를 불러 세웠다.

"저, 이거라도 가지고 가 드셔요."

노인의 딸은 약초 한 줌을 거지에게 내밀었다.

"이것밖에 드릴 것이 없습니다. 이거라도 씹으시면 잠시 허기를 속일 수

있을 겁니다."

거지는 처녀가 내민 약초를 받아들며 허리를 숙여 인사했다.

"저희 집이 너무 가난해 돼지고기 반 근이면 낳을 수 있는 병을 고치지 못하고, 아버지께서 시름하시는 모습을 그저 보고 있는 형편입니다."

노인의 딸이 눈물을 글썽이자 거지는 가슴이 저려왔지만 그들을 도울 아무런 방도도 가지지 못한 자신이었다.

거지는 힘없이 노인의 집에서 나와 먹을 것을 구할 요량으로 가까운 산으로 올라갔다.

그때 거지의 눈에 눈처럼 하얀 토끼 한 마리가 앉아 있는 것이 보였다.

거지는 토끼를 잡으려고 후닥닥 뛰어갔지만 토끼는 도망가기는커녕 그 자리에서 꼼짝도 하지 않았다.

거지는 때를 놓치지 않고 날름 토끼를 잡아챘는데 토끼의 품에는 아직 눈도 못 뜬 열 마리의 새끼가 떨고 있었다.

"젠장, 오늘은 정말 운수가 사납군. 토끼 고기로 포식할 줄 알았는데 젖 먹이는 어미 토끼라니! 내 한 목숨 살자고 열한 목숨을 죽일 순 없지."

거지는 잡았던 토끼를 조용히 제자리에 내려놓고 자리를 뜨려고 하는데 어미 토끼가 거지에게 말을 걸었다.

"저희 가족 목숨을 살려주신 은인께선 잠시 기다리세요."

토끼가 말을 하자 거지는 깜짝 놀라 눈을 비비며 토끼를 돌아보았다.

"은인께 제가 작은 보답을 하려고 하니 제 말씀을 들으세요. 은인의 품에 있는 그 약초는 독사의 독을 해독하는 약초입니다. 그것을 잘 기억하시면 은인께선 세 목숨을 살리고 돈과 어여쁜 아내를 얻을 수 있을 겁니다."

말을 마친 토끼는 새끼들을 데리고 눈 깜짝할 사이에 거지의 눈앞에서 사라져버렸다.

거지는 너무 놀라 한참을 제자리에 서 있다가 겨우 정신을 차리고 토끼가 한 말을 곰곰 되새겨보았다. 그러다가 무엇이 생각났는지 뛰듯이 산을 내려와 아까 자신에게 몰매를 퍼부었던 상인의 집을 찾아가 급히 문을 두드렸다.

"여보시오, 여보시오! 문을 열어주시오."

거지가 문을 두드리며 소란을 피우자 덩치가 산만 한 하인이 커다란 몽둥이를 들고 나와 거지를 향해 달려들었다.

"이 놈이 아직 덜 맞은 모양이구나! 그래, 내가 오늘 아주 단단히 손을 봐줄 테다."

"잠시만 기다리시오. 내게 이 집 도련님을 살릴 약이 있소. 그러니 날 들여보내주시오."

거지의 말에 하인은 반신반의하는 표정으로 거지를 쳐다보았다.

"그 말이 정말이냐? 만약 거짓말이면 이 집에서 살아서 나갈 생각을 하지 말거라."

하인은 거지를 데리고 안으로 들어가 상인에게 거지의 말을 고했다. 거지는 집안 사람들이 지켜보는 앞에서 품안의 약초를 꺼내 그것을 상인 아들의 입에 넣어주었다.

그러자 잠시 후 상인의 아들이 기력을 차리고 자리에서 벌떡 일어나 앉는 것이었다.

"아이고, 은인께서 우리 아들을 살려주셨으니, 은혜 백골난망이옵니다. 이 은혜를 어떻게 갚아야 할지……. 은인께선 뭐든지 말씀만 하십시오!"

상인은 너무 기뻐 때에 절은 거지의 손을 꼭 잡으며 말했다.

"음…… 제가 급히 비단 천 필이 필요한데, 혹시 비단 천 필을 구할 수 있으신지요?"

거지의 말에 상인은 껄껄 웃으며 대답했다.

"내가 마침 외국으로 보낼 비단 천 필을 보관하고 있습니다. 은인께 기꺼이 그 비단 천 필을 드리겠습니다."

거지는 상인에게 비단 천 필을 받아들고는 서둘러 아침 나절 구걸을 하러 갔던 부잣집으로 향했다.

"아이고, 이제 우리 아들은 살았소! 내가 며칠 동안 비단 천 필을 구하느라 온 나라를 다 뒤지고 다녔지만 구하지 못하여 애만 태웠는데 은인께서 이렇게 구해주시니 정말 감사합니다. 은인 덕에 내 아들 목숨을 구하였으니 내 은인께 후하게 비단 값을 치르리다!"

부자는 거지에게 비단 값으로 몇 곱절만큼의 황금을 주었고, 결국 한순간에 부자가 된 거지는 집과 논밭을 사서 자신에게 약초를 준 처녀와 결혼하여 행복하게 살았다.

우리는 지금 넘쳐나는 **수많은 정보** 속에서 산다.
하지만 그 정보가 어디에 **유용**하게 사용되는 것인가를 구분 못하면 그 많은 정보들은
그저 한 푼 값어치 없는 **무용지물**이 되고 만다.

어느 수학자 이야기 2

사람 사귀기를 좋아하는 수학자가 어느 날 자신의 서재에서 한가로이 책을 읽고 있는데 한 친구가 침통한 표정으로 그를 찾아왔다.

그 친구는 자신의 일은 똑소리나게 잘하지만 말을 함부로 하는 버릇이 있어 그 주변엔 그와 친한 사람이 별로 없었다. 그의 유일한 벗이라곤 늘 사람의 말을 귀담아 들어주는 수학자밖에 없었으므로 그는 무슨 일이 생기면 쪼르르 수학자를 찾아오곤 했다.

"이리 와 앉게. 자네 표정을 보니 자네 신변에 무슨 일이 생긴 모양이군?"

수학자가 친구에게 자리를 권하였다. 친구는 의자에 엉덩이가 닿자마자 긴 한숨을 내쉬었다.

"아내와 헤어지기로 했네."

친구가 오랫동안 같이 살아온 아내와 헤어질 생각이라고 하자 수학자는 너무 놀라 잠시 말문을 열지 못하였다.

"무슨 말을 그렇게 하는가? 자네와 함께 고생해온 아내와 헤어지겠다니? 말도 안 되는 소리일세. 다시 한 번 생각해보게."

수학자의 만류에도 친구는 이미 단단히 결심이 선 듯 고개를 내저었다.

"다시 생각할 필요 없네. 나도 여러 번 생각하고 또 생각해서 내린 결정일세. 이젠 더이상 참을 수 없어서 헤어지기로 결정한 거란 말일세."

친구의 단호한 대답에도 불구하고 수학자는 친구의 결심을 되돌릴 생각으로 물었다.

"자네 아내는 자네가 힘들 때 자네 옆에서 힘이 되어준 사람 아닌가? 그런데 지금 살 만해지니 헤어지겠다니, 도대체 무슨 이유인가?"

수학자의 물음에 친구는 생각하기도 싫다는 듯 세차게 머리를 흔들었다.

"나라고 내 아내가 힘들 때 옆에 있어준 고마움을 왜 모르겠는가? 하지만 내 아내는 실수투성이야. 더이상은 그것을 참아낼 수가 없다네."

수학자는 안타까웠다.

"대체 무슨 실수를 하였기에 그러는가?"

친구는 수학자의 물음에 아내의 허물을 하나 하나 들춰내며 열거하기 시작하였다.

"난 내 집이 어질러져 있는 것을 싫어하네. 그래서 난 집을 정리 정돈해 놓는데 아내는 자신이 쓴 물건을 제자리에 놓아두질 않아 항상 내 손이 가게 하네. 그뿐인가! 내가 집에 지저분한 물건을 들여놓는 걸 싫어한다는 것을 뻔히 알면서도 아내는 돌아다니며 온갖 잡동사니를 주워다가 집에 쌓아두네. 그뿐이면 말을 안 하네. 게다가……"

수학자의 귀가 따가울 정도로 친구는 자기 아내의 허물 들추어내기를 멈추지 않았다.

"됐네 됐어, 그 이야기는 그만하게. 그래도 아내의 허물이 있으면 덮어주고, 또 좋은 말로 아내에게 조언하여 허물을 고치게 하는 게 남편의 도리 아닌가?"

수학자의 말에 친구는 뚱한 얼굴로 대답하였다.

"나도 어지간한 실수는 참고 넘어가네. 단, 참다참다 못 참으면 그제야 한번쯤은 고치도록 아내에게 충고도 한다네."

친구의 말에 수학자는 다시 물었다.

"그럼 자네 아내가 자네의 충고에도 그것을 고치지 않는다는 말인가?"

수학자의 말에 친구는 고개를 절레절레 흔들며 대답하였다.

"그렇지는 않네. 내가 충고하면 아내는 그것은 고친다네. 하지만 그 잘못을 고치면 뭐하나? 또다시 다른 실수를 하는데 말일세."

수학자는 친구의 대답에 고개만 끄떡거렸다.

"자네에게도 허물은 있지 않은가? 자네는 남을 배려하지 않고 누구에게나 말을 함부로 하는 허물이 있지 않은가? 난 자네에게 항상 그것을 고치라고 충고해도 자넨 여전히 그렇게 하고 있지 않은가? 그리고 자넨 아내의 허물을 고쳐준다고 말을 함부로 해서 아내의 속을 상하게 했을 것이라고 생각하는데, 어찌 자네의 아내 허물만 탓하는가?"

수학자의 말에 친구는 얼굴이 울그락불그락해지며 화를 내었다.

"무슨 말을 그렇게 하는가? 그래! 자네 말대로 내게는 고치지 못하는 허물이 하나 있네. 또 그런 허물 때문에 아내의 허물을 충고할 때마다 아내를 속상하게 한 것도 사실이네. 하지만 난 그 허물 하나뿐이고 아내는 수도 없이 많은 허물이 있다네."

친구가 화를 내자 수학자는 친구를 진정시키고 친구 부부의 잘잘못에 대

한 판결을 내렸다.

"내가 보기엔 자네가 더 잘못한 것 같으니 어서 아내에게 사과하고 아내와 헤어지겠다는 생각은 버리게나."

수학자의 판결에 친구는 자리에서 벌떡 일어나며 크게 화를 냈다.

"내가 자넬 친구로 생각하고 의논하러 왔는데, 자넨 지금 날 모욕할 셈인가? 어떤 근거로 내가 내 아내보다 더 잘못했다는 겐가?"

친구가 불같이 화를 내자 수학자는 그를 진정시키고 자리에 앉혔다.

"진정하고 내 말을 들어보게. 자네도 알다시피 난 수학자 아닌가! 그러니 수학으로 자네 부부의 잘잘못을 계산해보겠네. 잘 들어보게."

조리 있는 수학자의 말에 친구는 상기된 얼굴로 귀를 기울였다.

"자네 아내의 허물이 많다고 했으니, 그 허물의 수를 천으로 보아도 되겠나?"

천이라는 큰 숫자에 만족했는지 친구는 고개를 끄떡였다.

"그럼 자네의 유일한 허물 하나는 자네 아내의 허물 하나보다 좀 심한 것이니 자네 아내의 허물 하나를 1로 둔다면 자네의 유일한 허물 하나를 2로 보아도 되겠는가?"

친구가 가만 생각해보니 자신의 실수를 2라고 해보았자 자신의 허물이 그리 크지 않을 것 같아서 고개를 끄떡였다.

친구가 끄떡이자 수학자는 웃으며 물었다.

"그럼 자네가 아내의 허물을 보고도 그를 나무라지 않고 참을 만큼 참았다고 하니, 자네가 아내의 허물 백 번 중에 한 번 아내에게 말을 함부로 했다고 보아도 되겠는가?"

친구가 수학자의 말을 듣고 곰곰이 생각해보니 자신에게 불리하지 않을 것 같았다. 그래서 친구는 다시 고개를 끄떡였다.

“그럼 자네 아내가 천 개의 실수를 하였으면 자넨 그 백 번 중에 한 번이니 열 번 정도 실수를 한 것인가?”

그 말에 친구는 환한 미소까지 띠며 고개를 끄떡였다.

“잘 보게. 자네 아내는 그때그때 자신의 실수를 고쳤으니 그 실수는 쌓이지 않았지만 자넨 그 실수를 고치지 않았으니 그 실수를 쌓아놓았네. 그러니 자네의 허물을 수학으로 계산하면, 자네 허물의 가중치 2를 열 번 쌓았으니 자네 허물의 수치는 2의 10승일세.”

수학자의 말에 친구는 머리를 긁적이며 물었다.

“그것이 어찌 되었단 말인가?”

그러자 수학자는 한탄하며 대답하였다.

“이 바보 같은 친구야. 2의 10승이면 1024라네. 그래도 누가 더 잘못했는지 모르겠나?”

사람들은 간혹 자신의 허물은 **과소평가**하고
남의 허물은 **과대평가**한다.

안경

한 중소기업에 J라는 만년 과장이 근무하고 있었다.

그는 사람이 좋아 동료들에게 인기가 있었지만, 성격이 물러터져 일 처리는 그리 깔끔하지 못하였기에 15년 동안 같은 회사에 근무하면서도 과장 자리에 묶여 있어야만 했다.

하루는 J과장이 외근에서 돌아왔는데 입구 쪽 자리에서 근무하는 한 여직원이 그가 들어오는 것도 모르고 무언가를 열심히 쓰고 있었다.

"뭘 그리 열심히 쓰지? 일하는 것 같지는 않은데, 연애 편지라도 쓰나?"

여직원은 갑작스런 J과장의 질문에 얼른 자신이 쓰던 것을 책상 서랍에 감추며 당황한 표정으로 J에게 인사를 건넸다.

"다녀오셨어요? 그저 낙서를 하고 있었어요."

여직원이 적잖이 당황하자 J과장은 따뜻한 미소로 여직원을 안심시켰다.

"요즘 회사 분위기가 좋지 않으니 사소한 일이라도 주의해요."

J과장은 여직원을 좋은 말로 타이르고 자신의 자리로 돌아왔다.

J과장의 부하 직원 아끼는 마음은 남달랐다. 특히 그는 새로 들어온 신입 사원에게는 특별히 관심을 두고 그 사람이 빨리 회사 생활에 적응할 수 있도록 깊은 배려를 아끼지 않았다. 그래서 J과장 밑에서 근무하는 부하 직원들은 모두 그를 믿고 따랐다.

J과장이 자리에 앉아 막 업무를 시작하려는데 그의 후배이자 상사인 P부장이 근심 어린 얼굴로 그에게 다가왔다.

"과장님, 소식 들으셨습니까?"

P부장의 두서 없는 질문에 J과장은 어깨를 한번 으쓱거리고는 되물었다.

"무슨 소식 말입니까? 안 좋은 소식이라도 있습니까?"

J과장이 영문을 몰라하자 P부장은 깊은 한숨을 내쉬고는 입을 열었다.

"과장님도 알다시피 요즘 회사 사정이 안 좋지 않습니까? 그래서 이번에 각 부서에서 몇 명을 추려 감원을 한다고 합니다. 그런데 저더러 우리 부서에서 감원할 사람의 명단을 작성하여 보고하라고 하더군요."

그 말을 듣는 순간 J과장은 멍해지는 기분을 느꼈다.

그도 그럴 것이 그동안은 회사가 운영이 잘 되어, 자기같이 일의 능률이 떨어져 만년 과장으로만 있는 사람도, 15년 간 한 회사에 몸담을 수 있었던 것이다. 그런데 P부장의 말대로 각 부서에서 몇 명을 추려 감원한다면 그가 제일 먼저 감원 대상이 될 수밖에 없다는 생각이 들었다.

거기에 생각이 미치자 J과장의 얼굴에서 핏기가 사라지고 얼굴이 창백해졌다.

"과장님, 괜찮으세요? 갑자기 얼굴이 창백해졌습니다."

P부장의 목소리에 J과장은 정신을 가다듬었다.

"아……. 네, 괜찮습니다. 외근하느라 밖에 있었더니 약간 어지러운 모양입니다. 앉아서 조금 쉬면 괜찮아지겠죠."

J과장의 어설픈 변명에 P부장은 너무 무리하지 말란 당부의 말을 하고 자신의 자리로 돌아갔다.

P부장이 돌아간 후에도 J과장은 감원에 대한 두려움 때문에 좀처럼 일을 손에 잡을 수 없었다.

하루 종일 넋 나간 사람처럼 멍하니 앉아 있던 J과장은 퇴근 시간이 되자 서둘러 집으로 돌아갔다. 평소 같으면 술 좋아하고 사람 좋아하는 그인지라 직장 동료들과 어울려 술집을 순례하며 늦은 귀가를 했겠지만, 감원의 공포에 사로잡혀 있었기에 마음 편하게 다른 사람들과 술이나 마시며 어울릴 수 없었던 것이다.

"어머, 웬일이에요? 당신이 이렇게 일찍 집에 들어오고. 신혼 때 이후론 처음이네요."

J과장이 여러 번 초인종을 누르고 나서야 뒤늦게 문을 열어준 아내가 대뜸 그의 이른 귀가를 꼬투리 잡으며 그를 맞이했다.

그런데 J과장이 보기에 평소와 달리 아내의 옷매무새가 엉클어져 있었다.

마치 초인종 소리에 놀라 급히 옷을 입은 것처럼 아내의 옷차림은 단정치 못하였다.

"옷 입은 꼴이 그게 뭐요?"

"집에 있는 사람 옷차림이 다 그렇죠. 괜한 투정 말고 어서 씻고 저녁이나 드세요."

아내는 도망치듯 주방으로 달려갔다.

J과장은 집에서도 해고에 대한 불안감에 편하게 쉴 수가 없었다.

심장이 떨려오고 머리가 다 지끈거리기 시작하였다.

"여보, 두통약 좀 줘요."

J과장은 더이상 두통을 참지 못하고 아내에게 두통약을 청했다.

아내는 걱정스런 얼굴로 약과 물컵을 J과장에게 건넸다.

"요즘 무리하시더니 어디 아프세요? 오늘 아파서 일찍 오신 거예요? 집에 와서도 아무 말씀도 안 하시고……."

J과장은 아내가 건넨 약을 입에 털어넣고 입을 닫아버렸다.

"여보, 당신 안경 바꾼 지 오래되었죠? 안경이 안 맞으면 두통이 온다고 하잖아요. 내일 시간 내서 새 안경 하나 맞추세요."

아내가 뜬금없이 안경 타령을 하자 J과장은 속이 탔다.

다음날 J과장은 뜬눈으로 밤을 새워 거칠거칠한 얼굴로 출근해 불안한 마음으로 하루 일을 보았다.

제정신이 아닌 채로 협력업체에 다녀오는 J과장의 눈에 회사 옆에 위치한 작은 안경점이 보였다.

J과장은 어제 아내가 말한 것이 생각나 회사에 들어가기 전에 안경점에 들러 새로 안경을 맞추었다.

그런데 그날 맞춘 안경은 그의 마음에 쏙 들었다. 학창 시절부터 지금까지 오랜 시간 동안 수없이 많은 안경을 써보았지만 그날 맞춘 안경처럼 세상을 또렷이 보게 해준 안경은 없었다.

새로 맞춘 안경 덕에 J과장은 잠시나마 해고에 대한 불안감을 잊어버리고 가벼운 마음으로 회사로 들어갈 수 있었다.

J과장이 사무실 문을 열고 들어가자 현관 앞자리에서 일하는 여직원이 어제처럼 무엇인가를 열심히 적고 있었다. 여직원은 누군가 들어오는 인기

척에 뭔가 적고 있던 종이를 황급히 책상 서랍 속에 감추었다.

그런데 새로 맞춘 안경 때문에 J과장은 그녀가 적고 있는 것을 똑똑히 볼 수 있었다.

〈J과장 바보!〉

여직원은 큰 글씨로 자신더러 바보라고 적고 있었다.

J과장은 둔탁한 둔기로 뒷머리를 맞은 듯하였다. 비록 실력이 뛰어나지는 못하지만 부하직원들에게 최선을 다하였는데 그들은 자신을 바보라고 생각하고 있었다는 것을 알자 배신감과 자신의 무능에 대한 자괴감이 엄습해왔다.

J과장은 여직원의 상냥한 인사도 받지 않고 자신의 자리로 가 쓰러지듯 자리에 앉았다.

그런데 사무실 분위기가 이상하였다. 모든 직원들이 자신을 피하는 듯하였다. 특히 P부장은 자신과 눈조차 마주치지 않으려고 하였다. J과장은 P부장이 왜 그러나 하는 마음에 그를 지켜보았는데 날벼락을 맞은 듯 온몸이 찌릿거리고 저려왔다.

평소 같으면 자신의 자리에서 P부장 자리에 있는 컴퓨터 모니터의 내용을 볼 수 없었는데 새로 산 안경 덕에 모니터에 씌어 있는 글자가 또렷이 보였다.

〈감원 J과장〉

그렇다. P부장은 자신을 감원 대상자 명단에 올리고 있는 것이었다. 걱정은 했어도 일말의 희망을 가지고 있었는데 그 희망마저 이젠 물거품이 되어버렸다. 순간 모든 회한이 물밀듯이 밀려왔다.

"이렇게 한순간에 모든 것을 잃어버리고 마는 것을! 난 15년 동안 이 회사에서 무엇을 한 것일까?"

그는 허탈한 마음이 극에 달하자 오히려 마음이 편해지는 것을 느꼈다.

하지만 J과장은 아무에게도 내색하지 않고, 자신의 일을 마무리하고는 그날도 일찍 귀가했다.

"마누라 바람 피나 감시해요? 오늘은 또 왜 이리 일찍 온 거예요?"

J과장의 이른 귀가에 아내는 신경질적으로 반응했다. 게다가 그녀의 옷매무새는 어제처럼 흐트러져 있었다.

J과장은 짜증스러웠지만 짜증낼 힘마저 남아 있지 않아 대꾸도 없이 안방으로 향했다.

그런데 안방의 침대 시트가 평소와는 달리 흐트러져 있었고, 평소에는 잘 볼 수 없었겠지만 침대와 벽 틈에 눈에 익지 않은 넥타이가 있었다.

J과장은 하늘이 노래지는 것을 느끼며 쓰러지듯 털썩 주저앉고 말았다. 아내는 그동안 자신이 없는 사이에 자신 모르게 자신의 안방에서 외도를 하고 있었던 것이다.

J과장은 그날 하루 자신이 가진 모든 것을 잃어버렸고, 삶의 희망마저 쓰레기처럼 구겨져 쓰레기통에 처박혀버린 기분이었다.

"그래, 이렇게 살아서 무엇하리……."

J과장은 더이상 이런 식으로 살아가는 것은 아무런 의미도 없다는 데 생각이 미쳤다.

다음날 외근을 틈타 약을 구한 그는 마지막이라는 마음으로 사무실에 들어섰다.

그런데 그의 눈에 커다랗게 쓰인, 벽에 붙어 있는 낯익은 글씨가 보였다.

〈J과장님, 바보같이 한 회사에서 묵묵히 15년 동안 근속하신 것을 축하드

립니다!〉

그 글은 현관문 앞에서 일하는 여직원이 정성스럽게 쓴 것이었다.

J과장이 멍하니 그 글을 읽고 있는데 집에 있어야 할 아내와 P부장이 웃으며 그에게 다가왔다.

"여보, 15년 근속 축하해요. 그리고 이건 선물이에요. 내가 이 선물 마련하느라 한 달 동안 넥타이 공장에서 일거리 받아 부업을 했는데, 요 며칠 당신이 일찍 들어오셔서 얼마나 놀란 줄 알아요?"

J과장은 아내와 그녀가 내민 선물을 번갈아 쳐다보기만 할 뿐 도저히 말문이 열리지 않았다.

얼이 빠진 사람처럼 멍하니 서 있는 J과장에게 P부장이 감사패를 건네주었다.

"과장님, 회사를 대표해서 15년 근속에 대한 감사패를 드립니다. 참, 그리고 제가 이번 감원으로 물러난 생산부 부장직에 과장님을 추천했는데 결제가 떨어졌습니다. J부장님, 승진 축하드립니다."

의심이란 안경을 끼면
진실의 일부만 볼 수 있을 뿐 모든 것을 정확히 볼 수는 없다.

득음

남도에 소리 잘하는 사람이 한 명 있었다.

그런데 그의 성격이 어찌나 꼬장꼬장한지 소머리를 들이받아도 끄덕없는 힘센 씨름꾼도 그가 지팡이를 들고 소리치고 나서면 십 리 밖으로 줄행랑치기 일쑤였다.

그는 배냇저고리를 벗고부터 소리를 배워 평생 소리 한길만 좇아 길고 험난한 길을 걸어왔다. 그래서인지 그의 소리를 좋아하는 사람들은 많았으나, 불같은 그의 성미 때문에 술친구는 단 한 명도 없었다.

그에겐 친자식이나 다름없는 두 제자가 있었는데, 부모 없는 아이들을 데려다 키우며 소리를 가르친 것이었다.

그의 가르침은 매우 엄하여서 두 아이가 커서 제법 소리를 하게 될 때까지 그들의 종아리엔 항상 시퍼런 매 자국이 선명했다.

특히 그는 한 아이의 소리꾼으로서의 천부적인 재능을 알아보고 귀여워

하였는데, 귀여워하는 만큼 그 아이의 작은 실수에도 심하게 질책을 하였고 그때마다 따끔하게 매를 들었다.

"아버진 나만 미워하신다. 내가 뭘 그리 잘못했다고 머리통 굵은 나에게 이렇게 모질게 매질을 하냔 말이다."

소리꾼이 아끼는 제자가 그를 아버지라 부르며 친구에게 억울함을 호소했다.

"아버지가 네가 미워서 그러는 게 아니란 걸 잘 알잖아. 널 아끼시니 잘하라고 그러시는 거지. 난 그런 네가 부럽다."

다른 제자도 소리꾼을 아버지라 부르며 친구를 위로하였다.

"아버지는 날 아껴서 구박하는 게 아냐. 아버지 성질이 고약해서 화풀이하려고 나한테 매를 드는 것이지. 다른 집 애들 봐. 학교 다니면서 귀염받는데 우린 학교도 못 가고 매일 소리 공부한다고 매만 맞고 있잖아. 아버진 우릴 아끼는 것이 아니라 괴롭히려고 데리고 사는 거야."

맞은 것이 화가 났는지 학교를 못 다니는 것이 화가 났는지 제자는 그렁그렁한 눈물을 연신 훔쳐냈다.

"너도 소리 좋아하잖아! 소리 좋아서 소리 배우면 됐지, 학교는 왜 가니?"

형제 같은 다른 제자의 토닥임에도 그는 좀처럼 분이 풀리지 않았다.

"난 이제 아버지랑 같이 못산다. 나 이 길로 서울 가서 학교도 다니고 돈도 많이 벌 거다. 너도 여기서 아버지한테 맞고 있지 말고 나랑 서울 가자!"

형제 같은 제자가 떠난다고 하자 다른 제자는 펄쩍 뛰며 그를 말렸다.

"안 된다. 아버지에게 소리 배워서 소리꾼 돼야지, 서울에는 못 간다."

하지만 매를 맞은 제자는 이미 결심이 단단히 선 모양이다.

"가기 싫음 넌 아버지랑 여기 남아 있어라. 난 서울 가서 많이 배우고 돈

많이 벌어서 다시 돌아올게.”

형제나 다름없는 다른 제자가 소매를 붙들며 가지 못하게 하였지만 그는 그것을 뿌리치고 꼭 돌아온다는 약조를 남긴 채 그 길로 서울로 향하였다.

아무것도 없이 상경한 제자의 서울 생활은 녹녹하지 않았다.

구걸도 하고 구두닦이도 하고 힘들게 생활하였지만 그 제자는 배우는 것을 게을리하지 않았다.

사리를 겨우 분별할 즈음, 스승을 떠나온 제자는 어느덧 힘들게 대학을 졸업하고 전통 음악을 연구하는 재능 있는 음악가가 되어 있었다.

재능 있는 음악가가 된 제자는 알려지지 않은 소리를 찾아 채보하여 정리하면서 다양한 음악들을 섭렵하였다.

그렇게 자신의 길을 묵묵히 걸어온 제자의 귀밑머리가 솜처럼 희어질 무렵, 그는 국악을 정리한 국악의 대가로서, 또한 자기만의 독특한 소리 계통을 만든 소리꾼으로서 존경받고 사랑받는 사람이 되어 있었다.

그런 제자에게 좋은 소식이 들려왔다. 그동안 백방으로 수소문하여 찾으려던 아버지 같던 스승과 형제 같던 다른 제자가 자신의 소리 발표회에 온다는 것이었다.

노인이 된 제자는 전날부터 아버지와 형제를 만난다는 생각에 흥분을 감추지 못했다. 그리고 성공한 자신의 모습을 그들에게 보여줄 생각을 하니 가슴이 벅차올랐다.

그렇게 설레는 밤이 지나고 한참 공연 준비중인 그의 앞에 자신만큼이나 늙은 제자가 나타났다.

그는 한눈에 다른 제자를 알아볼 수 있었다.

“이게 얼마 만인가? 그런데 아버지는 어디 계시고 자네 혼자 왔어?”

214

"아버지는 몇 해 전에 돌아가셨네. 돌아가시기 전에 자네가 계속 소리 공부를 한다는 이야기를 전해 들으시고는 무척이나 좋아하셨지."

스승의 부음 소식에 제자는 눈시울을 적셨다.

"그래, 자네는 그동안 어디서 무엇을 하며 살았나? 자네 찾으러 백방으로 수소문했지만 소식을 들을 수 있었어야지."

제자는 잡은 손을 놓지 않고 물었다.

"소리꾼이 소리 말고 할 게 또 있나! 여기 저기 떠돌며 소리해주면서 먹고살았네."

오랜만에 만난 것만큼이나 두 제자의 이야기는 끝날 줄을 몰랐다.

드디어 무대에 오른 제자는 그동안 갈고 닦은 소리를 열심히 들려주었고, 다른 제자는 객석에 앉아 흐뭇한 표정으로 듣고 있었다.

공연이 끝나자 제자는 관객에게 공손히 인사하고 자신의 형제 같은 다른 제자를 관객에게 소개하였다.

그리고는 그 다른 제자에게 소리를 청하고 자신은 북 채를 잡고 앉았다.

다른 제자는 멍석이 깔리자 누에고치에서 실 뽑아내듯, 끊기지 않고 정감 있는 소리를 뽑아내었다.

북 채를 쥐고 있던 제자는 그 친구의 소리에 자신도 모르게 눈물을 흘리고 말았다. 왜냐하면 그동안 수많은 연구를 하며 자신이 얻고자 하던 소리가 형제 같은 다른 제자의 목을 타고 넘쳐흘렀기 때문이다.

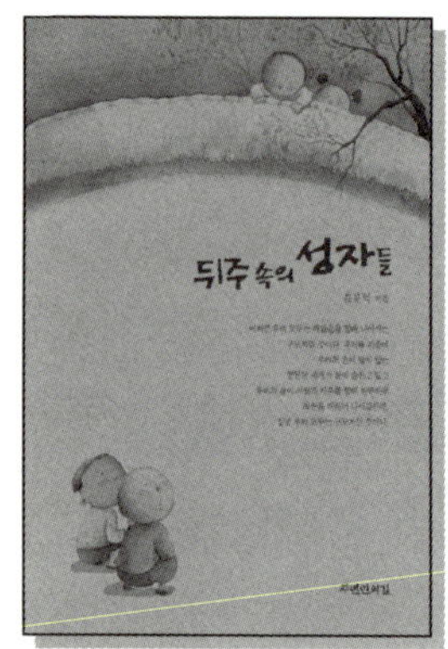

뒤주 속의 성자들

- 김윤덕 지음 ■ 신국판 변형
- 304쪽(본문 올컬러) ■ 값 9,000원

삶 속의 삶을 찾기 위한
어떤 **여행!**

이 책은 총 31편의 이야기로 구성되어 있는 [선문답 테마 에세이집]이다. 선문답은 산사에서 스님들이 아침 햇살이나 받으며 나누는 한가한 이야기가 아니다. 그것은 우리의 삶의 현실 속에서 우리들 가슴속에 일어나는 근본적인 질문에 대하여 온몸으로 뛰어들어 가장 뜨겁고 적극적으로 살았던 사람들의 생생하고 역동적인 삶의 현장기록이다. '삶 속의 삶을 찾기 위한 어떤 여행'. 이 책에 대한 부제는 이렇다. 그리고 이 책은 천천이 읽어야 한다. 무엇을 굳이 얻겠다는 마음 없이 마치 오솔길에 산책을 나서듯, 서서히 문득문득 한 편씩 읽어도 좋으리라, 습관처럼.

삶이 나에게 주는 선물

- 박성철 지음 ■ 46 변형
- 208쪽(본문 올컬러) ■ 값 8,000원

나에게 선물하는,
가장 **소중한 삶을 위한 책!**

이 책은 삶에 대한 단상들을 잔잔하게 바라볼 수 있는 글들을 모은 감성 산문집이다. 삶을 살아가면서 누구나 느낄 수 있는 생각들을 쉽고 감동적으로 쓴 글이다. 적절한 예화를 함께 곁들임으로써 더욱 쉽게 독자의 마음을 사로잡을 것이다. 내용은 독자들이 책을 읽는 호흡에 중점을 두었다. 지루함을 빨리 느끼고 모든 면에서 빠르게 변화하는 이 시대의 특성을 잘 반영했다고 할 수 있다. 이 책에 대한 정의를 내리자면, 삶이 힘들어질 때 지혜를 선물하는 책, 내 인생을 풍요롭게 하는 비타민 같은 책, 내 삶의 소중한 친구가 되어주는 책이라고 할 수 있다.